Ministerio de Cultura

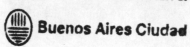 Buenos Aires Ciudad

12 rounds
es editado por
EDICIONES LEA S.A.
Av. Dorrego 330 C1414CJQ
Ciudad de Buenos Aires, Argentina.
E-mail: info@edicioneslea.com
Web: www.edicioneslea.com

ISBN 978-987-634-595-8

Impreso en Argentina.
Primera edición, 1500 ejemplares.
Esta edición se terminó de imprimir en
Agosto de 2012 en Printing Books.

12 rounds : cuentos de boxeo /
   Marcelo Guerrieri ... [et.al.]. - 1a ed. - Buenos Aires : Ediciones
Lea, 2012.
   160 p. ; 23x15 cm. - (El ascenso; 1)

   ISBN 978-987-634-595-8

   1. Narrativa Argentina. 2. Cuentos. I. Guerrieri, Marcelo
   CDD A863

12 ROUNDS

CUENTOS DE BOXEO

Selección a cargo de
Juan Marcos Almada y
Mariana B. Kozodij

EDICIONES
Lea

Índice

Introducción

El boxeo es una actividad que exige sacrificio, tesón y voluntad. También la literatura.

12 rounds, 12 cuentos, 12 escritores de estilos diferentes. Cada uno con su universo particular, cada uno trabajando el relato, la posibilidad de contar historias, que no es otra cosa que pulsar las fibras íntimas de la memoria.

Desde hace cuatro años, junto con Daniela Pereyra y Hernán Brignardello venimos llevando adelante el proyecto radial *Acá no es*, que se transmite por FM La tribu los lunes a las 20 hs. El mismo grupo organiza el ciclo de literatura Naranjas Azules. Ambos proyectos posibilitaron que conociéramos a muchos escritores, músicos, cineastas, actores, directores, editores, artistas plásticos, y también a otros organizadores de ciclos literarios que se dan en el marco de la ciudad.

En lo que respecta a los escritores –y para el caso puntual de esta antología– nuestro propósito principal fue reunir a aquellos con cierta experiencia en el oficio con otros que estaban dando sus primeros pasos. Con la posibilidad de incluir en esta antología a dos escritores con larga trayectoria en España, inéditos en Argentina, como Carlos Salem y Marcelo Luján.

La temática boxística fue una excusa que dio sus frutos y despertó el interés de todos los escritores convocados. La idea era publicar una selección de textos especialmente escritos para la antología, algo que nunca se había hecho, exceptuando aquella compilación que Sergio Olguín realizó para la editorial Norma, llamada *Cross a la mandíbula*, que reunía cuentos de escritores como Abelardo Castillo, Julio Cortázar, Ricardo Piglia, Enrique Medina, Alberto Vanasco, Bernardo Kordon, Liliana Heker, Ana María Shua y Roberto Fontanarrosa.

A medida que avanzaba el proyecto encontramos que el box nos tocaba íntimamente a todos, como nos toca la historia política, social y cultural del país. Sucede que el deporte en general y el boxeo en particular, supieron entrar en los corazones de los argentinos, generando pasiones afines y contrapuestas.

Sergio Víctor Palma –que al decir de Carlos Irusta– no sólo fue campeón arriba del ring, sino que es campeón de la vida, leyó los cuentos con gran interés y nos regaló el placer y el orgullo de compartir con él alguna que otra mesa. Escucharlo es aprender.

Esta antología no podría haberse hecho sin la ayuda de Alejandra Ramírez, Directora General de la Dirección General del Libro y Promoción de la Lectura, perteneciente al Ministerio de Cultura de la Ciudad Autónoma de Buenos Aires. Su interés para con este proyecto fue decisivo y vital a la hora de hacerlo realidad.

Prólogo

Por Sergio Víctor Palma*

Orgulloso, porque más allá de las polémicas que genera, el boxeo sigue siendo la disciplina deportiva de la que más se ocupan escritores, sociólogos y poetas. Muy halagado por haber sido invitado a prologar esta antología. Profundamente agradecido y en actitud plena del más absoluto respeto a todos los autores que la integran, me remito a la grata tarea que me ha sido encomendada.

Con "El Cacique", Marcelo Guerrieri, casi de soslayo, muestra en un personaje bizarro como *Papusa Palito Esquiante*, un claro gesto de madurez y honestidad, que en la vida real –al menos que este prologuista sepa–, sólo el padre de Óscar de la Hoya llevó a la práctica cuando le dijo: *"Ya no sé más qué enseñarte. Tendrás que buscarte otro maestro"*. Es como para postrarse ante semejante humildad.

En "Katrina", Clara Anich plantea una circunstancia de vida que nos devuelve a nuestra realidad. Sí, elegimos cosas en la vida que tienen una importancia disímil, única y particular de cada uno. Katrina, la protagonista de la historia, carga con una expectativa en su actividad como boxeadora que nos resulta imposible prever. Cuando ella dice: *"soy capaz de dejar todo por el boxeo"*, es prácticamente imposible imaginar con certeza cuánto es todo.

Patricia Suárez, con "Iniciación", nos muestra otro de los costados siniestros de aquellas situaciones que llevan a la práctica y el aprendizaje del boxeo: el miedo.

La sórdida e inocente locura de "Cacho de Fierro", de Patricio Eleisegui, nos muestra esa extraña capacidad que tiene el ser humano para trocar en mérito las desventajas de una carencia. Y llegar a sentirse orgulloso de haber vencido alguna vez, sólo porque su rival se cansó de pegarle.

En tanto Mariana Belén Kozodij, desde "Otro Ring", retoma el viejo mito sobre la práctica y desarrollo del boxeo, para dar rienda suelta a una narrativa natural, tan humana como apasionada y erótica.

Juan Guinot, por medio de "Unificación", nos otorga la rápida visión de un posible mundo futuro. Es obvio que los neologismos que emplea Guinot representan un recurso imprescindible para referenciar cosas o situaciones inexistentes en medio de nuestra presente realidad de tan sólo tres dimensiones.

Carlos Salem, en "Por un kebab", deja volar su imaginación y relata una historia alimentada de historias. Una historia que a la vida real le costaría mucho avalar. No obstante, las fantasías relacionadas con las historias de boxeadores tienen más que ver con este tipo de relatos, que con historias acontecidas en la vida real. Cuando este prologuista colaboraba con Leonardo Favio en el rodaje de la película *Gatica, el Mono*, el célebre director cinematográfico le dijo: "Yo tengo que respetar el mito", cuando le dije que el combate entre José María Gatica había durado varios rounds y no uno solo, como sostiene el mito popular.

En "Mirta tiró la toalla", Nicolás Correa ofrece un certero pantallazo acerca de un vasto sector de nuestra sociedad, en el que este tipo de situaciones abundan.

La pobreza estructural de populosos sectores marginales, es causa y consecuencia de tales situaciones que tienen como excluyentes protagonistas tanto a boxeadores como a todo individuo de cualquier oficio u ocupación que sólo permita subsistir, sin olvidar esa quimérica promesa de emerger, que el boxeo conlleva. Lo más seguro y probable es que la actividad deportiva no le retribuya con dinero suficiente, pero sí es posible que algún combate suyo sea anunciado con grandes titulares en los espacios deportivos, testimoniando fielmente su azarosa existencia. La exclusión es tan dolorosa, que lograr el público reconocimiento de la propia existencia cobra tanta importancia como la subsistencia misma.

Juan Marcos Almada, en "Recortes", logra el mágico efecto de cumplir con la vieja sentencia de León Tolstoi: *pintar el mundo, describiendo su aldea*; una manera práctica de ser universal. Si usted ya vivió cinco décadas, podrá visualizar como propias muchas de las situaciones que describe quien fuera la novia del recordado "Goyo" Peralta. Si es usted más joven, no le costará demasiado identificar y relacionar el relato con los recuerdos de la abuela o de alguna tía.

Por momentos la narrativa nos transporta al Macondo de *Cien Años de Soledad*, pero en este caso sin ningún cataclismo. De modo tal que podemos seguir la historia hasta llegar a nuestros días. Porque precisamente de eso se trata, los héroes de todas las guerras, los presidentes, los más destacados artistas, los deportistas más reconocidos o populares: fueron o son integrantes de la comunidad que nos comprende.

Como escribí arriba, ya me lo había dicho Leonardo Favio: "Hay que respetar el mito"... En *"Reyes del cincuenta y uno"*, Marcelo Luján toma el mito y cuenta cómo lo vivió un tal Juan (quizá Juan Domingo, vaya uno a saber...). Su joven mujer, a quien mucha gente esperaba, no se sabe si a ella o de ella. Pero era joven, dormía, tal vez soñaba. Perdón, claro que soñaba. Gracias, Marcelo Luján, por ese flash tan humano del mito nacional.

Hernán Brignardello, en "Pampero", como el desagradable tañido de un despertador, nos avisa que el encanto terminó. Ganó –como era previsible–, un tal "Toro Salvaje de las Pampas", ante un rival que no presentó ninguna oposición. Es decir, venció, pero sin gloria... En tales casos se piensa más en la pobreza del perdedor que en los ¿merecimientos? del ganador.

Gabriela Cabezón Cámara, con un personaje post moderno, nos muestra una *rara avis* en "Viviendas dignas, con buena vista y muchos parques", respecto a la caracterología identificatoria del grueso de los boxeadores. En tanto la gran mayoría de los púgiles se inclinan por la práctica del boxeo en busca de refugio para una personalidad débil o vulnerable, *Victoria Unita* nos demuestra que ha encontrado en la disciplina del boxeo una manera práctica de sublimar su sexo natural. Todo con el riquísimo aderezo de los matices sociales que le posibilitaron a Don Hipólito Yrigoyen vindicar el prestigio de la incipiente "clase media" argentina de los principios del Siglo XX. Y a Juan Domingo Perón, por primera vez en la historia de la humanidad, extenderle personería jurídica y política a la "clase obrera" e instalarla con voz y voto en el escenario supremo de la Patria.

12 Rounds deja muy claramente establecido que a los boxeadores *"nos comprenden las generales de la ley"*. Que cuando un actor debe caracterizar a un boxeador, con actuar de ser humano le basta y sobra. Esta obra florece en medio del intenso fragor de otras luchas menos espiritosas y estimulantes que aquellas que la literatura nos posibilita, desde el selecto arsenal de la inspiración de aventurados escritores ha florecido un trabajo que, momentáneamente, nos aleja de todo lo material y mundano, encendiendo una muy clara señal de esperanza. Más allá de la lógica contemplación de las cosas externas, un puñado de escritores expone y revela, confesional y líricamente, sus íntimos sentimientos, en la más amplia y variada gama tónica, que discurre por la colorida pintura del relato, la patética evocación, los recuerdos felices, la descripción detallada y animada, el trance fugaz y las emociones perdurables, hasta abordar la inspiración humanamente filosófica, el canto a la belleza y a la bondad, las reminiscencias melancólicamente nostálgicas, la concepción metafísica de la vida y de la muerte, el amor idílico y las inevitables frustraciones sentimentales, la esperanza cristalizada y la euforia poco sustentable del éxito efímero. En síntesis: un muy completo muestrario de individualidades líricas que pertenecen a promisorios valores de las más diversas tendencias, preferencias, gustos y formaciones. Esencialmente una obra cambiante en sus escenarios; un ring, un vestuario, donde valores y sentimientos universales juegan en cada uno de sus detalles, en cada gesto.

*Sergio Víctor Palma

La Tigra, Chaco, 1956. Se hizo boxeador profesional al cumplir veinte años de edad. En sus dos primeros años de actividad ya había ganado los campeonatos nacionales de Argentina en los gallos y supergallos, y el campeonato sudamericano de los supergallos. El 15 de diciembre de 1979 viajó a Barranquilla, Colombia, para disputarle la corona supergallo de la AMB a Ricardo Cardona, con quien perdió en una discutida decisión en 15 vueltas. Ocho meses después recibió una nueva oportunidad, ante Leo Randolph, a quien noqueó en el 5° asalto en Washington, coronándose campeón mundial supergallo de la AMB. Realizó cinco defensas exitosas de su corona, superando a los panameños Ulises Morales y Jorge Luján, al colombiano Ricardo Cardona, al dominicano Leo Cruz y al tailandés Vichit Muangroi-et. En la revancha con Cruz, el 12 de junio de 1982, perdió el título al caer por puntos en 15 vueltas en Miami. Se retiró en 1985, pero retornó a la actividad boxística en 1989. Hizo dos combates, los cuales ganó por decisión para después colgar definitivamente los guantes. Dejó registro de 52-5-5, con 21 KO. Alejado profesionalmente de los cuadriláteros, trabajó en periodismo deportivo y se convirtió en analista de box. También incursionó en el rubro de la canción y la poesía (grabó un disco con canciones propias). Hizo radio, televisión y gráfica. También preparó actores para papeles de boxeadores.

El Cacique

Marcelo Gabriel Guerrieri

—La primera vez que entró al gimnasio me di cuenta de que ese chico iba a ser grande. Porque hay dos cosas que te hablan por un boxeador antes de que abra la boca: el hambre en los ojos y la forma de plantarse. Todavía no era El Cacique Rehue, apenas era uno de tantos que venía de provincias. Entró al gimnasio dando pasos largos, petisón como era, decidido, y a la vez mirando para todos lados, atento a cualquier cosa. Esa atención medio nerviosa, de movimientos cortos de la quijada. En el boxeo lo más importante es saber defenderse. El que quiere atacar se compra un arma. Cuando se inventó la pistola se acabaron los guapos.

Todo eso soltó Papusa Palito Esquiante, entrenador de Rehue en sus primeros tiempos. Lo dijo apurando las últimas palabras para seguir masticando el sánguche de milanesa.

El joven sentado frente a él aprovechó la pausa para ordenar un poco su cabeza. Refugiado en ese gimnasio que olía a linimento, imaginó a su propio padre boca arriba en una camilla blanca. El pecho abierto. Un boxeador sobre la lona.

Estaba a tan solo cinco cuadras del hospital. Había venido en taxi y saldría corriendo si el celular sonara. No era más que un control de rutina pero él ya imaginaba complicaciones, válvulas dañadas y un corazón que explota.

Palito se estiró en el sillón y sus ciento cincuenta quilos rebosaron en el apoyabrazos; repantigado, los borceguíes negros lustrosos, el pantalón de jogging ancho como una sábana. Sobre una mesita improvisada con un cajón de frutas tenía el tupper: lleno de milanesas. Y una bolsa de plástico con medio kilo de flautitas.

Abrió cinco panes y los dispuso sobre el cajón. Repartió las milanesas. Abrió al medio dos limones y empapó los cinco sánguches. Recién entonces volvió a enterarse de que el otro estaba ahí:

—A defenderse. Eso es lo que más se aprende en el boxeo. Porque por más piña que tengas, si te calzaron una bien puesta te durmieron. Era por los tiempos de Marcelino El Fantasma Acosta. Le decíamos El Fantasma porque era negro mota. Así son los apodos acá: sobradores, cizañeros. Enterate que a mí me dicen Palito. Mirá si serán hijos de puta. Pero con el Cacique fue distinto. Se ganó el respeto de entrada. Vos sabés que acá hay cada historia...

Palito se levantó del sillón, caminó hacia un armario metálico y buscó dentro:

—Iba con esto a todos lados —dijo, sacudiendo un cuaderno en la mano izquierda—. Acá lo tenés.

El joven tomó el cuaderno. En la primera hoja leyó "voy a ser campeón mundial": la frase repetida cubría esa hoja y más de la mitad de la siguiente. Quiso seguir leyendo pero la mirada pasaba por las hojas sin que pudiera concentrarse.

El paso desde la sala de espera del hospital a este sótano de resoplidos y golpes había sido un shock brutal del que le costaba recuperarse. La voz del entrenador lo obligó a levantar la vista del cuaderno:

—El chico me contó su historia esa misma noche, después del entrenamiento. Ahí mismo lo adopté como pupilo. Pero ojo que no fue por pena. Fue por respeto.

Sonó un timbre y amainaron los puñetazos contra las bolsas de arena, los chirridos de las suelas sobre el ring, el salto a la soga. Era como si todo el gimnasio recuperara aire.

Palito se llevó una mano a la mejilla y la acarició despacio. Al minuto sonó otro timbrazo y todos volvieron a su trajinar de golpes y saltos.

—¿Cuánto pesás?, fue lo primero que le pregunté ni bien lo tuve adelante. El chico, en vez de contestarme, me dio el carnet nuevo, que acababan de llenarle los de la secretaría. Daba bien para wélter. Sobrado. Entonces fue cuando le vi los ojos, medio extraviados. Leí en la ficha: Treinta y seis peleas amateur. Treinta ganadas. Veinticinco por nocaut... ¿Quién te noqueó?, le pregunté. Uno sólo, me dijo. ¿Quién? El Taita Medina. ¿Y por qué te noqueó? Esa noche tuve un mal sueño, me dijo y se me quedó mirando con esa cara de buen tipo que tenía que de lejos te dabas cuenta que no te estaba macaneando. En la cancha se ven los pingos, le dije y le devolví la tarjeta. Cambiate y te ponés a saltar la soga, después bolsa y a guantear.

Palito se estiró en el sillón y señaló hacia la pared de enfrente donde un grandote con guantines lanzaba golpes frente a un espejo.

—¿Ves ese que está haciendo sombra?... El Kid Belleza Aranda: él guanteó con el chico aquella primera tarde. Él lo bautizó Cacique. El que guantea la primera vez con el nuevo le pone el apodo.

Ahí se frenó Palito Esquiante. Tragó lo que le quedaba del primer sánguche y manoteó el segundo:

—La gilada se piensa que sólo los que están desesperados se meten a boxeadores. Macanas. Ese chico tenía hambre. Pero el hambre que tenía no era de gloria, ni de guita, ni de fama. A la noche cuando dormía, y esto te lo puedo firmar acá porque me tocó pasar noches de hotel con el chico, se sacudía en la cama y decía cosas que no se entendían. Y de día, a cualquier hora, veía cosas... Por ahí estaba entrenando lo más tranquilo, haciendo sombra o dándole a la bolsa, y se frenaba en seco y se ponía a hablar solo. Acá lo tenés a Kid Belleza que no me deja mentir. Contale, Kid, acá al amigo, tu primer guanteo con el Cacique.

—No me rompás las bolas, Palito.

—Ahí tenés, como yo te decía.

Volvió a sonar el timbre y amainaron los resoplidos, los saltos y vaivenes, los golpes. Esta vez Palito no esperó el minuto hasta el próximo timbrazo sino que retomó la charla con urgencia:

—Yo lo dirigí cinco peleas. Sus últimas cuatro amateur. Y su primera profesional. Entonces le dije... —acercó la mano al cajón de frutas y apoyó los dedos gruesos. Con el antebrazo se refregó la cara—. Es así —dijo, y alzó la cabeza como para seguir hablando. Pero se quedó callado, los ojos brillosos.

El joven le apoyó una mano en la rodilla en un gesto que le salió automático. De amigo. Pero de pronto pensó que ese gesto suyo quizás lo estaría molestando. Entonces sacó la mano de la rodilla y bajó la vista hacia el cuaderno:

»...Primera noche en Buenos Aires. Tuve un sueño. Tres cachorros adentro del armario. En el vestuario. Tres cositas hermosas pataleando. Chillaban. La madre por ningún lado. ¿Dónde está la madre? Los dejó solos. Los abandonó. La ducha largando agua caliente. Todo humo en el vestuario.

Falta uno. Se lo llevó el humo. Se lo tragó. Los otros dos que chillan. Les falta el hermanito. Les falta la madre. Muertos de hambre. Patino por las baldosas. Me pego una piña que me parte la nariz. Como la vez del Taita Medina. Entre el humo los chillidos del que falta. Duele el pecho. Duele la pierna. No puedo levantarme. El chillido viene de los baños. Se calla de golpe. Como puedo me paro. Pero no puedo caminar porque la pierna me duele que se me parte el cráneo. Y sé que tengo que apurarme porque se está muriendo. Me arrastro hasta el baño. El cachorrito está en el fondo del inodoro. Lo saco y lo abrazo. Duro como una bola de carne muerta. Toda empapada. Le abro la boquita y le respiro adentro. Hasta que abre los ojos. Apenas los abre. Sacude las patas. Me lambetea la cara. Ya no me duele la pierna. Ya no hay más humo en el vestuario. Llevo al cachorrito en brazos. Lo dejo en mi armario con los otros dos y con la madre que ya está de vuelta con ellos. A la mañana desperté con una calma hermosa en el pecho. Una alegría tremenda. Unas ganas de entrenar...».

Sonó el timbrazo. El joven alzó la vista del cuaderno con un mal presagio que le apretaba el estómago. Sacó el celular del bolsillo y llamó al hospital.

Pero la enfermera lo tranquilizó enseguida: todo estaba bien, no había por qué preocuparse. Lo llamarían cuando su padre saliera del quirófano. Agradeció y colgó y volvió a sentarse frente a Palito que ya había recuperado el gesto alegre de antes:

—¿Sabías que antes de boxeador fui futbolista? De no creer. Yo había venido a Buenos Aires en el 67. Lo primero que hice fue probarme en Independiente. Y claro, yo jugaba fenómeno. Así que quedé. Jugaba atrás, de dos, guadañero. A los cuatro meses el entrenador me dijo: Esquiante, mañana debuta. Independiente-River, cancha de Independiente.

Estadio lleno. Me tocó un delantero mañoso. Yo no le encontraba la vuelta. El entrenador me decía: Andá con todo, Esquiante, con todo, que esto no es la reserva, acá se juega en serio, Esquiante... Así que yo en la primera pelota dividida le fui a matar. Y el otro no va y me deja los tapones para arriba. Acá me los clavó. Fractura de tibia y peroné. Seis meses de rehabilitación. Cuando volví ya no era el mismo. Iba con miedo. Cuidaba la pierna. Un día el entrenador me dijo: Esquiante, es una pena, pero para qué le voy a hacer perder el tiempo: a medias no sirve.

Kid Belleza pasó detrás de Palito y se detuvo frente a una lámina de la Virgen de Luján. Se besó el guante y lo apoyó sobre la imagen. Después se acercó hacia ellos y estiró los brazos.

–Contale, Kid, acá al amigo, cómo jugaba al fútbol…

Palito empezó a desabrocharle un guante:

–Acá lo tenés al Kid Belleza. Más feo que pegarle a la madre –dijo y guiñó un ojo. Enseguida le quitó el guante a Kid Belleza y empezó a desenrollar la venda.

Entonces el joven bajó la mirada hacia el cuaderno. Pasó varias hojas hasta que se detuvo en una al azar:

»…Me iba al bosque. Solo. Entre la nieve. Sacaba la navaja y me tajeaba los brazos. Cuando la sangre salía me calmaba. Todo rojo en la nieve blanca. A veces se me aparece ella. A veces en el vestuario. En el humo de las duchas. A veces cuando estoy entrenando. Me dice cosas y yo le contesto. Cuarta noche en Buenos Aires. Estoy solo. Abro la ducha para bañarme. Ella aparece de golpe en el ring. Sentada en el banquito de la esquina. La mano agarrada de la soga. Descalza. Morocha de pelo largo que se le viene para adelante y le tapa las tetas. Calzas rosas. Piernas largas. Vincha. Flequillo. De la espalda le salen plumas de pavo real. Azules. Verde fosforescente. Me levanta y me lleva cargando entre la niebla del vestuario. Yo me prendo como un cachorro…».

–La vida es así –la voz de Palito lo hizo alzar la vista del cuaderno–: tanto tenés tanto valés. Cuando lo único que importa es la guita se acabó el deporte. Por eso tenés que saber a dónde querés llegar –Palito hablaba despacio, la vista fija en la venda blanca que seguía desovillando–. El chico quería ser campeón mundial. Yo le dije: Te vas a tener que cuidar de los amigos de la fama, pero para llegar, primero hay que frenarse. Yo le decía que con la potencia que tenía iba a llegar lejos pero que tenía que aprender a defenderse. Y encima, era más bueno que el pan. Una vuelta fuimos a pelear a Chivilcoy. Íbamos en el tren guitarreando con el chico y los segundos. Y entonces empezó con lo del mal sueño. Que la noche anterior había tenido un mal sueño, igual a la vez que lo noqueó el Taita Medina. Que una mina que se le aparecía en el vestuario, le decía cosas y le regalaba cosas. Y que esa noche había estado callada y que cuando está callada es que le va a ir mal en la pelea. Era su última amateur: ya había llegado a las cuarenta. Así que ese mismo lunes, ni bien abriera la FAB, íbamos a tramitarle el pase a profesional. El chico entró al primer round como siempre. A matar. El otro supo plantarse en la defensa, la guardia cerrada como un cascarudo. Aguantaba los golpes y cada tanto largaba un zapallazo. Sin técnica. Pero de pronto mi chico se frena y retrocede. Cosa rara en él que siempre se te iba al frente. Y entonces largó un grito, un chorizo de palabras rarísimas que el referí pensó que eran puteadas. El tipo paró la pelea y le dijo que no insultara al rival. La pelea siguió. Pero al segundo no va y vuelve a gritar toda esa sarta de macanas. Por suerte sonó la campana. Ni bien lo tuve en la esquina le empecé a decir que se callara. Porque el boludo seguía a los gritos, hablaba como loco, como si le hablara a alguien pero mirando una punta del ring donde no había nada. Entones le calcé una mano en el cabezal y le dije: Muzzarella, no abrás la boca que te la van a dar por perdida. Por suerte salió al segundo round callado. Igual que siempre. El otro le atajó las primeras manos pero a la segunda arremetida ya estaba abrazándolo, pegoteándosele a puro clinch para llegar parado hasta el final. Entonces mi chico lo empezó a arrinconar. Golpe arriba, abajo, derecha, izquierda, hasta que el otro queda sentado sobre las cuerdas, justo en nuestra esquina. Se quedaron abrazados, tomando aire. Entonces mi chico le preguntó: ¿qué te pasa? Y el otro, como pudo, le contestó: tengo una gripe bárbara. Ahí nomás el chico se fue enojadísimo para la otra esquina y le gritó al entrenador contrario: ¡No le da vergüenza! ¡Hacerlo pelear con gripe! El referí no escuchó nada pero como vio que le hablaba al entrenador paró la pelea y nos la dio por perdida.

Kid Belleza recogió las vendas del piso. Palito lo miró y le dijo:

—¿Qué se dice?

Kid se le quedó mirando un segundo y con un manotazo sorpresivo le robó uno de los sánguches. Palito le lanzó un gancho que recorrió el aire vacío y salió corriendo tras Kid Belleza que se escapaba hacia el vestuario.

Sonó el timbre. Se aplacó la respiración del gimnasio. El joven bajó la vista hacia el cuaderno:

»...Voy a llegar adonde quiera. Palito me enseña en el gimnasio. Me dirige en el rincón. Me cura las heridas. Ella me empuja para adelante. Yo escribo cien veces: Voy a ser campeón mundial. Entonces vamos a ir a mi pueblo. Al bosque. A la nieve. Con los míos. El ring es un lugar sagrado. No se ensucia. Ayer en medio de la pelea. Callada. Miraba para el ringside. Se sacó la vincha y la tiró a la tribuna. Me enojé. Le grité. La otra noche tuve un mal sueño. Yo iba a pelear. Llego al estadio. Todo vacío. La pelea fue ayer. Perdí por nocaut. Yo no me acuerdo nada. Vuelvo al gimnasio.

Está ella. En el sillón de Palito. Me da el diario. En la tapa está mi foto. El Taita Medina festeja. Yo estoy muerto en el ring. La gente llora».

El joven alzó la vista y buscó a Palito. Lo sorprendió que apareciera del lado contrario al que lo había visto alejarse. Traía un trozo de sánguche de milanesa.

Se sentó sin decir palabra. Mordisqueó. Después agarró el último sánguche del cajón de fruta y le ofreció la mitad.

Mientras masticaban en silencio, el joven observó a Palito, tratando de entenderlo: el sillón enorme le daba aires de rey estropeado; atrás, cerca de la pared, seis bolsas de arena colgaban de un travesaño; Kid Belleza saltaba la soga.

Llamó al hospital. No lo atendieron. Insistió dos veces más pero no hubo respuesta. Aunque le costaba calmarse se dijo que lo mejor sería dejar de insistir. Y esperar.

Puso el celular en vibrador y lo apretó dentro del puño cerrado.

—¿Vos sabés qué se compró con la guita de su primera pelea? Una bolsa así de caramelos. Y un autito de juguete para el sobrino; se lo mandó por correo…

El temblor del teléfono en el puño le sacudió el cuerpo entero. Le costó leer el mensaje porque la mano le temblaba y se equivocaba de botones. Recién cuando guardó el celular sintió que la tensión en el estómago iba cediendo de a poco. Le acababan de anunciar que su padre estaba bien, en una hora podía visitarlo.

Tomó lo que quedaba del sánguche y masticó junto a Palito que retomaba la charla con la boca llena:

—Debut profesional de Amado El Cacique Rehue. Festival de box en el Club Social y Deportivo Béccar. Previa de doce amateur, y tres profesionales… En la de peso pesado, el boxeador local que arreaba a todos los del barrio; la wélter femenina, con La Pantera que venía de un año sin boxear; y la pelea de fondo, mi chico, al que anunciaban como *La revelación de los wélter*. El ringside y la popular repletos. Una fiesta. Pero yo tenía miedo de que toda esa locura lo achicara. Por eso rancheamos aparte, en la cancha de papi-fútbol que estaba en la otra punta. Solos, con el asistente y los amigos del gimnasio, meta masaje y linimento. Hasta que anunciaron la pelea y fuimos directo para el ring. El chico entró entusiasmado. Si estaba nervioso no se le notaba. Así que le dije: Pegá como vos sabés, guarda con la defensa. Por el parlante se escuchó el llamado de segundos afuera, y yo me mezclé con los de abajo, en la esquina, entre el asistente y los chicos del gimnasio. Ni bien arrancó me di cuenta de que iba a ser pelea difícil. Para cualquiera de los dos. Mi chico con esa aplanadora de golpes. Un estado físico impresionante. Estilo gaucho, golpeador. Y el otro, un pibe cerebral, que lo estudiaba, que ni bien recibió el primer un-dos-arriba-abajo, se dio cuenta de que la única forma de ganarla era jugar a largo. Así que se le escondía a mi chico en una guardia bien armada, y cada tanto le tiraba un golpe abajo, para ir aflojándole las piernas. Inteligente. El Cacique hizo todo el gasto en ese primer round y vino a la esquina cansado como si fuéramos por el cuarto. Yo sabía que era imposible decirle que se guardara el resto. Así que le dije que se cuidara abajo, que un par de manos le habían tocado cerca del hígado. Entonces me miró y me dijo: Tranquilo, Palito, esta pelea la gano. Pegó un grito y saltó para el ring. Pero igual que antes el otro supo aguantarlo. Por el cuarto round ya le había entrado un par bien fuertes y ahora se animaba a atacarlo. En un descuido quedó el hueco para un cross que el otro supo aprovechar y mi chico cayó. Era la primera vez que lo veía en la lona. Vos sabés: vos podés pegar mil manos, pero lo que cuenta es cuando caés, la forma en que te levantás. El referí empezó, uno, dos, para mí fueron dos años, hasta que el Cacique apoyó una rodilla en la lona y alzó la cabeza, tres, cuatro, mi chico tenía la mirada perdida, miraba para mi lado pero como si no me viera, cinco, seis, entonces se le pintó una sonrisa rara, dijo algo que no se entendía y se paró de golpe como si la pelea recién hubiera empezado. El otro se asustó por ese gesto raro y volvió a cerrarse en la defensa. Yo me envalentoné y empecé a chuzarlo para que atacara, aprovechando que el otro estaba apabullado: Vas a buscar, Cacique, de vuelta, de vuelta, ahí, vuelvo, Cacique, paso atrás y vuelvo, abajo... Y mi chico le entra en un directo bien dado en el mentón y completa con un gancho abajo, cerca del hígado. El otro se desploma. Le cuentan, uno, dos, el tipo cabeceaba, echado en el piso, tratando de alzarse con los brazos, horizontal, tres, cuatro, cinco, sacude la cabeza, se empuja para arriba dándose envión, seis, siete... Se levantó a duras penas, medio temblando. Sacudió la cabeza para despabilarse y se plantó en una esquina, preparado a aguantarse lo que viniera. Justo suena la campana. Quedaban dos vueltas. Así que me dije: Encargate de curarlo bien, dale ánimo y que queme todos los cartuchos que le quedan. A todo esto te imaginás cómo estaba la tribuna. Lo que la hinchada quiere ver. Dos tipos que se juegan el todo por el todo. Así que le dije: La pelea ya la ganaste cuando te supiste levantar. No descuidés la defensa... Si me escuchó no se dio por enterado. Entró resoplando como un caballo y con los guantes para adelante. Esa quinta vuelta fue algo que no me voy a olvidar mientras viva. Era como si el chico se hubiera comido al otro, como si se hubiera tragado la técnica del otro. Hacía cosas que yo no le había enseñado y que él no sabía de antes. Hasta se movía imitando la forma de caminar del pobre pibe que daba vueltas por el ring, escapándole. El gasto lo estaba haciendo el rival, así que en ese minuto mi chico supo tomar aire y de golpe se le fue encima como una aplanadora. El técnico revoleó la toalla y mi chico empezó a los saltos; en la tribuna todos parados gritaban el nombre del Cacique. De otro mundo. Te imaginarás que yo estaba contento como perro con dos colas, pero también supe, en ese mismo momento, mientras el referí le alzaba el brazo, que esa iba a ser mi última pelea con el chico. Porque ya se había vuelto grande. Ya era El Cacique. Y yo no tenía más nada que enseñarle.

Sonó el timbrazo y todo se aquietó de golpe. En el silencio que se hizo resonaba el slap-slap de una pera de goma que Kid Belleza golpeaba a puño pelado.

El joven bajó la vista y dio vuelta la siguiente hoja del cuaderno, pero hasta el final sólo encontró renglones vacíos.

—El resto de la historia la encontrás en los diarios —concluyó Palito, y se sacudió la remera lanzando una lluvia de migas de pan sobre el parquet raído.

Se pararon, se abrazaron, el joven le devolvió el cuaderno. Mientras se alejaba oyó el timbre que sonaba a sus espaldas; y otra vez los resoplidos, los saltos, los golpes.

Marcelo Guerrieri

Lomas de Zamora, Pcia. de Buenos Aires; 1973. Publicó *El ciclista serial* (Editorial Eloisa Cartonera; Premio Nueva Narrativa Border, 2005), *Detective Bonaerense* (blognovela, 2006) y varios cuentos en antologías y revistas literarias. En 2008 obtuvo el Premio Nuevos Narradores del Centro Cultural Rojas (Universidad de Buenos Aires) y en 2011 el del Fondo Metropolitano de las Artes por su libro de cuentos *Árboles de tronco rojo*, próximo a publicarse. Dicta talleres de Escritura Creativa en centros culturales de la Ciudad de Buenos Aires. Tiene estudios universitarios en antropología.

Katrina

Clara Anich

Imprecaciones soeces y gritos de loba eran sus formas
expresivas mientras recorría, enardecida, el tenebroso recinto.
Pero nada era más espantoso que su risa.
A. Pizarnik

Cuando ella le dijo *soy capaz de dar todo por el boxeo*, él
sonrió seducido por su apasionamiento y se agachó simulan-
do buscar algo debajo de la mesa.

Después le agarró un pie, y ella bajó la mirada tímida-
mente y resguardó sus piernas, pero antes buscó el zapa-
to para el que ya estaba descalzo. Ella no supo cuándo,
él había desprendido el broche que lo mantenía vestido.
Es rápido con las manos, pensó y apareció en sus labios
una sonrisa.

Caterina había ido a la cena con unas sandalias rojas que
dejaban al descubierto sus uñas pintadas. Cuando él la vio
llegar, no pudo evitar imaginar el momento en que la besa-

ría, comenzando por el inicio. Que llevaba puesto un vestido negro sin espalda, un vestido que combinaba con su rojo andar, lo vio al abrir la puerta para dejarla entrar galante, al restaurante. Y ella pasó junto a él girando el cuerpo de costado, rozándolo como al descuido; tan como al descuido que él sintió el impulso de apretarse contra el marco para que ella no pensara que ya la estaba tocando.

Se habían visto por primera vez en el gimnasio donde ella entrenaba; en realidad, Esteban la había visto a ella, porque tuvieron que pasar algunos meses todavía para que ellos se encontraran y se conocieran, y un poco más de tiempo para que ella se animara a hacer lo que él no estaba pudiendo: invitarla a aquella cena que sería inaugural. De alguna manera que hasta él desconocía de sí, a él lo inhibió que ella fuera la que llamaban Katrina.

El día que Esteban fue al gimnasio a preguntar por los horarios y los costos de pileta y de las clases de natación, vio cómo ella salía del vestuario de mujeres con el pelo todavía mojado, humedeciéndole la remera, en cuatro pasos que parecieron coreográficos: se acuclilló, se levantó, volvió a bajar y a subir, para atarse uno y otro de los cordones de las zapatillas. Y él quedó fascinado por ese movimiento casi serpentario, que no pudo identificar humano. Quizá haya sido el gesto desproporcionado de enroscarse sobre sí, para hacer algo tan simple como atarse los cordones.

Pero Caterina no lo vio a él y como haría varias veces en el futuro, pasó a su lado sutilmente huracanada, mientras él trataba de que no se notara el desconcierto que su sola presencia había despertado.

—Katri —le dijo con tono didáctico la mujer desde el otro lado del mostrador, señalándole una grilla con los horarios de clase y de pileta libre—. ¿Vos qué querés? —le preguntó la recepcionista.

Y él giró la cabeza y vio cómo ella se detenía en la salida, se acomodaba la correa del bolso sobre el hombro, se arreglaba el pelo viéndose en el reflejo de la puerta de vidrio, y salía del gimnasio para perderse después entre la gente que pasaba por la calle.

–¿En grupo o solo? –siguió diciéndole la mujer.

Esteban tardó en entender que la pregunta se refería a algo relacionado con el ejercicio de la natación que le había recomendado el cardiólogo.

–¿Ella es de acá?

–Entrena, sí –dijo la mujer dando unos golpecitos suaves con la uña sobre el mostrador.

–Anotame –dijo Esteban al verse apurado por el gesto–. Directo –reafirmó.

–Sí, ¿pero qué querés?

–¿Cómo se llama? –dijo él después de una pausa.

–Débora. Dé-bo-ra –repitió marcando pausadamente cada sílaba–, y ¿qué dijiste, Katri qué?

La mujer que ya estaba sacando la planilla de inscripciones, entendió.

–Esperá, ¿yo o e…? –Débora continuó su pregunta señalando con un dedo hacia la puerta.

–La chica que entrena, cómo se llama. ¿Qué es Katri?

Y esa media palabra, algo deformada, rápidamente lo llevó a otra que se le asoció con la imagen de una cama, y él supo que sí, solo o en grupo, con zunga o antiparras, él tenía que volver a ese gimnasio y que aunque no sabía cómo, tenía que conocerla.

Débora rió y pensó qué idiota, y se dio cuenta de que el idiota se aplicaba a cualquiera de los dos: ella por haberse confundido, por creer que podía ser el objeto de esa mirada, y a él por ese aire de desconcierto que le había deformado la expresión.

–Se llama Caterina, pero le dicen Katri, por Katrina.

Él la miró.

–Por Katrina –repitió la mujer – el huracán ese que cayó contra Estados Unidos, Cuba, qué sé yo.

Él continuó en silencio, trataba de unir la figura de aquella mujer delgada, casi frágil, con las imágenes que había visto en el noticiero hacía algunos años, sobre un ciclón que destruyó todo lo que había tocado, que había causado miles de muertos, dejando a su paso zonas y zonas tremendamente devastadas.

–¿Me entendés? –le remarcó la recepcionista mientras movía la mano derecha haciendo un gesto con los dedos pulgar e índice.

Y él entendió, y comprendió entonces de dónde había llegado ese viento que impactó contra su cuerpo y logró desorientarlo.

Fue por eso, por esa primera impresión de sentirse absurdamente avasallado, esa sensación que le había provocado el solo hecho de verla, que a Esteban le llevó algunos meses poder acercarse a Caterina. Sentir que no iba a morir, literalmente, en el intento, y que podía salir invicto. Cómo se para un hombre ante una mujer que no duda en salir a atacar ante la primera campana y que sabe cómo defenderse cuando se siente mínimamente acorralada.

Esteban tuvo que superar su miedo y ese algo de prejuicio que se despertó en él cuando se enteró de que Caterina, él prefería llamarla de ese modo, era una boxeadora aficionada categoría minimosca con un futuro prometedor, como le dijeron. Y aunque lo de minimosca le generó algo de ternura, el hecho de que tuviera un gran futuro sobre el cuadrilátero volvió a ubicarlo ante quién se estaba parando. Que tenía veinticinco años y era soltera, fueron datos que conoció algo más tarde. También, que contaba en su currículum con varias victorias y un precoz matrimonio frustrado.

Pero pasaron algunas vueltas todavía, faltaron encuentros furtivos en la escalera, a la salida del vestuario y en alguna de las salas de aparatos, cuando ella vio que él no lograba pasar del *hola, ¿cómo estás?, ¿un poco de agua?* y se quedaba mirándola con *esa cara que te lo comés*, como le dijo Débora varias veces. Así que fue después de haberse tomado un tiempo para mirarlo desde el rincón, que Katrina se dejó llevar por su *segundos afuera* interior y dio el primer golpe.

–¿Qué tal si cenamos hoy? –le dijo certera una vez que lo cruzó de lleno en la puerta, cuando Esteban entraba al gimnasio.

Decir que Caterina lo había estado esperando es un poco exagerado, pero decir que él fue sorprendido, también. Aunque es verdad que ella se había demorado en el vestuario, había estirado su ducha y antes de eso, había alargado quince minutos su rutina en la cinta; él ya la había visto rondar y estudiar sus movimientos.

Sin saber cuándo, porque ellos desconocían cuál fue el instante en que los dos comenzaron con la dinámica de observarse en silencio, se reconocieron mutuos adversarios, y empezaron a disfrutar en la espera de que el otro diera el primer paso. Quizá fue sólo cuestión de bajar la guardia y subir al ring.

Sin embargo de alguna manera llegaron hasta ahí, a este ahora de la primera cena, del primer encuentro por arriba y debajo de la mesa. Al *contame de vos*, al *algo ya sabés*, a las risas, el roce de los pies, a una botella de vino vacía y a gusto de querer más en los labios. A una mano y a las llaves que apoyadas sobre la mesa él señala cómplice. Al gesto de negación de Caterina, a él que dice *entonces te alcanzo con el auto*, y a ella que agrega *entonces te invito un té en mi casa*.

Él acepta y otra vez la cercanía de los cuerpos al pasar juntos por la puerta: ella sonríe porque no es ingenua, y él se queda pensando si va entendiendo bien la intención.

Cuando llegan a su departamento, Caterina le hace un breve recorrido por la casa, en el que él se deja guiar, hasta que le indica una bandeja con patas que auspicia de mesa ratona, y unos almohadones en el piso, sobre una alfombra de paja tejida. Pero primero pasaron por el dormitorio y después por el cuarto B, como lo llama ella; el primero, de claro estilo japonés con una cama baja, y el otro bastante más grande: un mini gimnasio con dos sacos, una bicicleta fija, una cinta para caminar, un espejo en la pared y una barra en lo alto del marco de la puerta.

Caterina que ríe y le dice que no sabe por qué pero siempre le resulta divertida la expresión que ponen los hombres cuando ven los aparatos; y Esteban ríe también, aunque no sabe cuál fue la cara que puso. Él se deja llevar y le pasa suave un dedo por la nariz.

–¿Y eso? –dice ella sorprendida por el gesto, de alguna manera la toma desprevenida, porque sin darse cuenta está acostumbrada a los grandes movimientos.

–No sé, me tenté –dice él siguiéndola por el pasillo que los lleva al living.

Y Esteban comienza a sentir que es capaz de proteger a Caterina por fuera del ring. Y se descubre imaginando cómo desvestirá a esa mujer que va a sentarse a su lado, provocativamente indiferente, como si desconociera que llevar a un hombre a su casa, a las dos de la madrugada, implica algo que tiene que ver con el cuerpo. Sin embargo, ella no desconoce eso, y lo que él toma por indiferencia es sólo tranquilidad.

Entonces se sientan, Caterina trae una tetera y dos tazas, y se quedan en silencio. Sin darse cuenta ya están ahí y ella comienza por hacerse un rodete con el pelo.

–Suelto te queda más lindo –dice él.

–¿Sí? –y ella gira la cabeza mostrándole la nuca.

Y Esteban se siente invitado por ese gesto, le acaricia el cuello despacio y suelta el pelo para que vuelva a caer sobre sus hombros.

Ella, sin levantarse, pone música: suena de fondo un tango instrumental.

–¿Bailás? –le dice Caterina marcando el equívoco.

Él la mira, la intuye, y va a lo seguro.

–¿Si sé bailar tango?

Ella sonríe.

–Sí… Si sabés, si te gusta.

–Me gusta y algo sé. ¿Y vos? –dice él empujando la bandeja a un costado, para quedar más cerca de ella.

–Yo también.

A Esteban lo seduce esa mujer, mezcla extraña: boxeadora aficionada que decora su casa con un estilo japonés y que le gusta bailar tango. Quizá sea algo de eso lo que intriga y atrae.

Ahora son los dos los que ríen. Pasaron al registro de las manos, después un beso, pasa a ser otro que se multiplica.

Él la descalza y vuelve a encontrarse con aquel pie. Y ya no es tan rápido con las manos, va lento, recorriéndola despacio, a cada centímetro se detiene como si estuviera tratando de reconocerla. Caterina se deja llevar como en un giro de bandoneón. Ella también se siente seducida por ese otro que la venía observando desde la sombra.

Y hubo un después, donde Caterina y Esteban tenían la piel del otro en la yema de los dedos, donde en el aire se respiraba un perfume compartido, y donde en el sueño se combinaron las imágenes de los cuerpos y el deseo.

Esa mañana, la que siguió a aquella noche, Esteban abrió los ojos y se despertó con la luz que entraba por la ventana. Ahí se dio cuenta de que el cuarto no tenía cortina ni persiana.

–Me gusta despertarme con el sol –dijo ella acomodándose en un abrazo–. Tendría que haberte avisado. Perdón.

Él la apretó contra sí y le pasó un dedo por los párpados, para que cerrara los ojos.

–Me gusta verte dormir –le dijo.

–¿Sí? –respondió Caterina.

–Sí –dijo Esteban –, ya te lo deben haber dicho, ¿no?

–Qué importa eso, es lindo que me lo digas vos.

Los dos sonrieron y cada uno a su manera sintió que no era la mañana de una primera noche, que hacía tiempo que se conocían. Y como si llevaran muchos despertares compartidos, ella preparó un té y él unas tostadas, y volvieron juntos a la cama.

Ese sábado, como pasará también muchos otros sábados, ella tendrá entrenamiento a las 11, y él le dirá *yo te alcanzo con el auto*.

Y así, después de una ducha donde alternarán los cuerpos debajo del agua, ellos van a cruzar una mirada y ella va a sentir que comienza a enamorarse, y él va a saber que aquella mujer no va a pasar desapercibida por su lado.

Aunque lo que él no se imagina todavía, mientras la mira vestirse y preparar el bolso para el gimnasio, es que ese pasar por su lado va a golpear mucho más profundo que el roce de los cuerpos al salir por una puerta, aún más que un año de convivencia y el proyecto de una vida compartida.

Porque lo que Caterina le confesó aquella noche, eso de que era capaz de dar todo por el boxeo, él todavía no podía pensarlo. En ese momento, recién marcaba la campana el inicio del primer round: ellos estaban por comenzar el encuentro, habían dejado cada uno su rincón y habían salido a la voz de *box*.

Pero cómo se iba a imaginar Esteban que lo que ella le dijo no era sólo una frase hecha que hablaba de las esperanzas y de todo lo que le importaba llegar a ser una gran boxeadora; cómo escuchar que iba mucho más allá y mucho más acá en lo que toca a lo real del cuerpo, y cómo iba a pensar que no los iba a implicar sólo a ellos.

Que Katrina decidiera falsear el resultado del test de embarazo obligatorio, para poder subir al ring en la semifinal de un campeonato, y que ese test diera cuenta de que estaba embarazada, que subiera a buscar la certeza de un aborto, era algo que él no era capaz de imaginar todavía. Que los deseos de ser padre se vieran huracanadamente devastados en un golpe de *knockout* casi premeditado, era un hecho que, aunque Esteban fantaseara apresurado una vida junto a Caterina, y aunque anticipara sus dudas –las de dos– era algo que no era capaz de sospechar.

Entonces Esteban se detuvo frente a la puerta del gimnasio, y ella le dio un beso suave. Caterina salió del auto, y él vio cómo ella se colgaba el bolso al hombro y volvía a girar para saludarlo. Sonreía y él bajó la ventanilla. Ella se acercó y cruzaron otro beso.

–Gracias –dijo ella.

–Andá.

–¿Me llamás?

–Sí –dijo él.

Y Esteban la vio volver a sonreír y alejarse, y supo que iba a amar a esa mujer.

Clara Anich

Buenos Aires, 1981. Licenciada en Psicología, integra desde el 2005 el grupo de narradores conocido como Grupo Alejandría y edita la *Revista Casquivana*. Escribe teatro, narrativa y poesía. Tiene un libro de cuentos inéditos: *Privado;* y obras de teatro. Ganó algunos premios y escribe en distintos medios del país. Publicó los poemarios *Ellas* (Ed. Color Pastel, 2010) y *Juego de Señora* (Ed. El Suri Porfiado, 2008). Participó de las antologías *Verso y Reverso* (Ed. HYV, 2011); *Tres Mundos* (Ed. Grupo Alejandría, 2008), y como antóloga: *Trece* (Ed. Grupo Alejandría 2012) y *El Impulso Nocturno* (Ed. Gárgola, 2007). A la fecha, co-dirige Kiako-Anich: comunicación hecha con textura. Y administra el blog descalzaenlanoche.blogspot.com

Iniciación

Patricia Suárez

Sería necesario remontarse al año pasado, justo antes de que empezara el verano. O todavía antes, varios meses antes de que el matrimonio de verdad se llevara mal y Gilda se fuera definitivamente de la casa e hiciera al día siguiente la denuncia. Pero después vino el verano, un enero tórrido en el que Buenos Aires se vació, y en el cual Gilda apenas si asomó la nariz fuera.

De todos modos, ella tenía que sacar a pasear a los perros. Cuando se fue, se los llevó. Al canelo y al otro, el cachorro, Ian. Ella le puso Ian porque de haber tenido un hijo, ella le habría puesto de nombre Ian. Va con los perros al parque, antes de que oscurezca. Vuelve con paso apretado, arrimada a la pared. No está muy segura de que los perros le fueran a ser leales en el caso de que él se les aparezca de repente y

N.d.E.: "Iniciación" se publicó en la revista virtual Siamesa en mayo de 2011 arme una escena. Antes, no sabían cómo serle leal, en especial el canelo, por viejo, y el otro apenas si cuenta en el relato porque era un cachorrito que casi no se tenía en pie. También la llegada del cachorrito había sido todo un tema, una pelea, en casa, con Renzo. Él lo quería devolver a la Sociedad Protectora de Animales y ella se opuso. Pelearon, él rompió una cosa, otra, pero al cachorro no lo tocó. Ella se lo quedó como una cosa suya, de su propiedad. Si echaba la vista atrás, era la primera vez que tenía algo suyo. Hacía dos años que estaba con él y él decía siempre mi casa, mi televisor, mi heladera, mis discos, mis libros; aunque ella trabajaba a la par de él. Cuando se mudó con él tardó unos meses en encontrar trabajo, al fin le dieron un puesto de vendedora en La Mariposa, la pastelería. Quedaba a pocas cuadras de la casa y no tenía que gastar en transporte: esto era un beneficio. La pusieron a vender masas vienesas y postres, pero con el tiempo la pasaron también atrás, para que ayudara con la repostería, que en esa casa era muy esmerada: batir el chantilly, la pastelera, a mano, o el *mousse*; poner el *charlotte* final, disponer el marrón glacé en una cajita de celofán. La patrona confiaba en ella y a ella le gustaba hacer estos trabajitos. Todavía cuando el insomnio la atrapaba tarde por la noche y no podía llamar a Argelia para charlar un rato y matar el tiempo, solía prender el canal Gourmet para ver trucos de repostería. Argelia la ayudó en todo esto de encontrar trabajo; ella atendía el bar justo enfrente de La Mariposa y un día se enteró de que necesitaban a alguien. Así fue como la puso en aviso: un día Gilda se tomó su cafecito habitual y ella le contó que en la pastelería buscaban empleado. Había dejado atados a los perros en la puerta del bar El Sol de España, mientras la miraba hacer a Argelia, atrás de la máquina de café expreso: ir, venir, repasar con el trapo húmedo los sitios donde ha caído la borra del café y deja una mancha oscura, casi siniestra. Gilda dudó de presentarse al puesto, pero ella la animó, de este modo, trabajando enfrente, le dijo, se verían más seguido, tendrían más tiempo para conversar o salir sin que hubiera obligación de pedirle permiso al marido. Argelia no tiene esposo, nunca se casó ni convivió con nadie. Ella sabe decir: "Para vivir en Buenos Aires hay que tener vocación de soledad". Después, cuando Gilda se fue de la casa, la ayudó a encontrar un lugar donde vivir, un atelier. Una conocida de Argelia alquilaba ateliers a los artistas, como excepción le alquiló uno a Gilda y le permitió el uso del patio, por los perros. Si no hubiera sido por Argelia, a lo mejor Gilda nunca hubiera podido hacer la denuncia; por suerte la había hecho; Argelia había estado ahí, con su aliento. Argelia la acompañó a la comisaría, no se movió de su lado mientras el agente le tomaba la denuncia. Argelia es un poco mayor que Gilda, cinco años, ocho quizás, debe estar alrededor de los cuarenta y toma clases de alemán. Sueña con viajar a Alemania para el próximo Octoberfest; tiene un amigo en Stuttgart, dice, en el barrio de UnterTurkheim a quien conoció por chat. Cada vez que Gilda tiene un descanso en La Mariposa corre al bar de la esquina y se sienta en la barra, para hablar con Argelia. Le lleva un bombón, una copito de dulce, o un coquito; Argelia le sirve a cambio un cortado americano, en jarrito. Un día, la amiga le contó que cuando a ella se le murió la madre, necesitó hacer algo fuerte con su cuerpo. No quería más sentirse una víctima de las circunstancias, y empezó a boxear. Se metió en un club donde había box para damas; iba todos los jueves. Eran dos o tres; Argelia no hizo amistad con ninguna de las chicas; se limitaba al entrenamiento bási-co, los saltos, las figuras, los golpes; cross, uppercut, gancho, esas cosas. Antes iba a las milongas a bailar tango. Pero para ese entonces, cuando el duelo, la milonga no le alcanzaba, el tango no le alcanzaba. La madre, siguió contando, estaba lo más bien y se murió cuarenta y cinco días después sin que los médicos pudieran dar una razón valedera. Tenía un cáncer o algo así: esa no era una respuesta. Justo había empezado a hacer cerámica cuando se enfermó. Había sido un burro de carga toda la vida y cuando por fin empezó a hacer algo que le gustaba, se murió.

Tres días después de la denuncia y de que el ayudante labrara el acta, el juez dictó contra su marido una restricción de acercamiento. El ayudante era un hombre joven; el día que le tomó la declaración tenía puesta una camisa verde, que le hacía juego con los ojos. Ella se preguntó si habría elegido la camisa ex profeso, para verse más atractivo, o si esto había ocurrido por casualidad. Gilda Massini habló, y cada vez que lo hacía en el acta ponían: "la dicente". La dicente tal cosa, la dicente tal otra. Le hacía un poco de gracia, el asunto. Estuvieron como dos horas redactándola y ella firmó de puño y letra y estampó también el pulgar derecho entintado. Había ido sola, sin su abogado, el doctor Bettinoti, que ella conocía porque era cliente del bar de enfrente y a cuatro cuadras tenía el estudio. Fue Argelia quien le aconsejó que se hiciera asesorar por él y el doctor Bettinoti aceptó defenderla. Al Tribunal debía ir sola, estaba mejor visto, le recomendó él. Gilda, esa mañana, temblaba de pies a cabeza. Gracias a la orden del juez, él no podía acercarse a menos de trescientos metros de ella, ni de su lugar de trabajo. Lo cierto es que La Mariposa quedaba apenas a tres cuadras de la casa de él, con lo cual, la infracción era constante. Gilda hubiera debido cambiar de trabajo, pero no sabía cómo hacerlo. El día que le llegó la carta documento con la comunicación del juzgado, ella estaba en la parte de atrás de la pastelería, haciendo el merengue y conversando con Amadeo, el maestro repostero. Amadeo hacía cuarenta años que trabajaba ahí, desde que abrió el local, prácticamente, y desde que él llegó de Piemonte, de la región del Lago Maggiore, que era de donde venía su familia. Estaba en edad de jubilarse, ya era un mono viejo; pero la patrona le pidió que aguantara, se quedara un tiempo más, le subió el sueldo: no era fácil de encontrar un reemplazante para Amadeo. Todo el barrio lo sabía, venían de mucho más allá de Montserrat a comprar las delicias austriacas de La Mariposa, la selva negra, la *sacher* y hasta la francesa *tarte tatin*. Esa mañana, entró agitada una de las chicas, Celina tal vez, y le dijo que afuera, en la puerta, había un oficial que quería entregarle un papel y ella debía firmar el recibo. Que se apurara a salir ahora que la patrona justo no estaba; no fuera que la patrona viera la escena y se oliera algo feo. Gilda no se imaginaba qué peor podía pensar de ella la patrona, cuando la había visto llegar con un ojo en compota más de una vez y pidiendo por favor ese día no atender al público sino quedarse atrás, ayudando al repostero. La patrona había sido muy amable; se mordía los labios por no darle monsergas; a Gilda, toda esta situación la avergonzaba: tenía treinta y dos años y estaba segura de que a los treinta y dos años la gente debe saber arreglar sus propios problemas sin tanto aspaviento. Pero la patrona tenía un corazón de oro, cualquier otra en su lugar la hubiera echado, daba una mala imagen en el negocio una mujer que era golpeada por su esposo; hoy día los patrones no tienen esa clase de contemplaciones, como si no fueran humanos, te ponen enseguida en la calle. Gilda se limpió las manos con el repasador y salió a atender al oficial. Le daba rabia que la importunaran, de todos modos el abogado Bettinoti le había advertido que pasaría así. Firmó la cédula y el tipo se marchó. Por cuarenta y cinco días hábiles, su marido no podría aparecérsele de repente; hacerlo hubiera sido desacato al juez y de inmediato lo encarcelarían. Gilda no estaba muy segura de que a Renzo lo afectara lo que un juez mandara o no. La verdad es que en lo que iba de la orden, él no había tratado de acercarse; pero ella fantaseaba en todo momento que él podría aparecer con el coche. Cuando se separaron, él no sabía manejar, pero ahora alguien le contó que él se compró un coche pequeño, un Chevrolet Corsa de cuatro puertas, gris –el gris que la empresa llama gris tanaris, le especificó tal vez Celina, o Martha, la que hace los profiteroles– último modelo, y ella sospecha que él pueda usarlo para atropellarla. Gilda no entiende de dónde sacó tanta plata para comprarse un coche así, él no tenía ahorros importantes y hasta los gastos menores eran con Renzo un tema de conflicto; tal vez el Corsa pudo haber sido regalo de alguien, o lo compró a plazos, en ese caso, el Corsa era de los dos, un bien ganancial, porque aún estaban casados. Como sea, dice, Renzo lo compró para matarla.

Argelia le dice una vez de compartir a un hombre. Se trata de Bruno Trotti, uno que cae muy temprano primero por el bar y después por La Mariposa. Estaciona su Vespa en la puerta del bar y baja. Casi siempre usa un gorro que tiene forma de fez; tal vez sea estudiante, pero trabaja para Duracell; levanta los pedidos de pilas y baterías del bazar y los kioscos de los alrededores. Cuando termina, se acoda en una mesa del rincón, junto a la ventana del bar, saca un librito con tapas forradas en papel negro y lee. Por lo que Argelia ha llegado a deducir o es un libro de valor o cuenta porquerías. Pide siempre un café corto, nunca nada para comer. Cuando cierra el librito, cruza a la panadería y pide en La Mariposa tres medialunas de manteca. Las pide del tipo Mar del Plata, que tienen como un almíbar adentro; pero ellos no las fabrican, en La Mariposa sólo tienen medialunas de las corrientes. Él compra algunas y cruza unas palabras con Celina, Martha o Gilda, según quién esté en ese momento atendiendo en el mostrador. Es un joven al que le gusta mucho la charla; esto a Gilda le parece extraño: antes solía pensar que para los hombres es más normal permanecer en silencio. Como sea, Bruno Trotti habló con ella algunas tardes, justo sobre la hora de salida y un día la invitó a un irish pub. Nunca menciona a Argelia y cuando ella la nombra él finge que no sabe quién es. Gilda no está segura de si Bruno Trotti le miente o no, o de dónde sacó Argelia que él las quería a las dos. En el pub, pidieron una Stella Artois, una cerveza de la que Bruno Trotti dijo que la bebían tanto en Bélgica como en el barrio de San Telmo. A lo mejor, más en San Telmo; cuando la acabaron no se levantaron del taburete sino que pidieron otra más. Tomaron hasta perder la cabeza, y Gilda lo llevó a su casa, después. Tuvo que encerrar a los perros en el patiecito, para poder hacer el amor. Cuando se marchó, llovía a cántaros. Ella le prestó un paraguas, uno un poco infantil que tenía, y como él apretó a destiempo el botoncito, se abrió cuando aún estaban dentro de la habitación. Gilda le gritó: "No se abren los paraguas dentro de las casas; trae desgracia"; pero Bruno Trotti sonrió con suficiencia: "Éste, nos traerá felicidad".

A veces, Gilda se queda después de hora en La Mariposa. La patrona la hace cerrar el local a ella los jueves, porque es el día que se mete en el bingo. A Gilda le toca guardar en el freezer los postres exhibidos en el salón, en las heladeras de menor frío. Sobre todo las cremas bávaras, la *obsttorte* de la fruta, o la *pannacotta* suiza que era igual en sabor y color a la natilla catalana, pero por un par de minutos de diferencia en la cocción se convertía en un postre suizo —en realidad, decía Amadeo, la receta provenía de Italia—. Estos postres eran los más cargados y los que siempre pueden deshacerse y arruinarse con mayor facilidad si les falta frío; amén de ponerse agrios. Mientras hacía esto, Bruno Trotti la esperaba subido en la Vespa, un pie en el pedal y otro en el asfalto, leyendo un libro. Ella nunca le preguntó qué leía, por pudor. Le ocurrió dos sábados, que al pasar por La Mariposa con él, de noche, se bajaron de la motoneta para quedarse mirando los postres en las vidrieras iluminadas, absortos los dos, como si hubieran sido joyas exóticas.

El día del cumpleaños de Renzo, las compañeras le avisan que el marido está adentro de la pastelería comprando una *sacher*. Es la torta rellena con mermelada de damascos, cubierta con la misma mermelada y bañada encima de todo con chocolate. Poca gente la compra para cumpleaños; en teoría el que comprara la sacher entera para festejar su cumpleaños tendría que pedir que pusieran su nombre encima. En La Mariposa, en cambio, la venden por porciones. Por eso Amadeo nomás escribe con la manga: Bon Appétit. Como no conoce el francés, a veces le falla la grafía y lo pone con una sola p o con una e al final de bon. A los clientes no les importa, porque comprando por porción apenas si ligan una o media letra. Pero, al parecer, Renzo pide la torta entera, lo que queda de la torta, algo más de siete porciones, como si fuera a hacer una fiesta. Se mete en La Mariposa a pesar de que en pocos días la restricción de acercamiento que el juez dictó en el verano deja de regir, cae; por eso el juez no le daría tanta importancia a esta transgresión, no muy grave en sí. Los compañeros y la patrona le recomiendan a Gilda que no salga, que permanezca en la cocina hasta que él se vaya, para evitar un escándalo. Cuando Renzo sale, Gilda vuelve al salón. Lo ve irse, de lejos, de espaldas, muy flaco y con el andar desgarbado: casi no lo reconoce. Las compañeras le dicen que la patrona se ha confundido y no era él; era otra persona. Gilda asiente y nunca llega a saber si era o no era él.

Un día, Gilda se atreve y le cuenta a Bruno Trotti sus problemas. No tiene ganas de hablar de eso, le parece que a la gente normal estas cosas no le pasan. Bruno la abraza, mudo, silencioso. Después le pregunta si quiere que él le pegue al tipo, le dé una paliza a Renzo. Gilda le dice que no; luego se corrige y le dice que lo pensará. Tiene que pensárselo mejor. No es una oferta como cualquier otra. Él le pregunta si ella sabe jugar a las damas; no, Gilda no sabe. Él saca un tablero de bolsillo, lo extiende, y le enseña cómo se mueven las piezas. Ella intenta concentrarse pero no lo logra. Comenta que su amiga Argelia quiere acostarse con él, con Bruno Trotti. Con él y con ella, los tres juntos. Él le pregunta si habla en chiste; si las dos o si Gilda le está hablando en chiste, cuál de las dos. No, le responde Gilda, no es chiste. No sabe, pero no lo haría. Ella no quiere acostarse con Argelia, que es su amiga. Bruno Trotti cierra el tablero y se va. Le dice que lo que él siente por ella es amor, pero que ella no ha acabado de comprenderlo. Pega un portazo cuando se va. Ella saca a pasear a los perros por el barrio; en el parque los suelta para que corran. Ian, el cachorro, se para en dos patas sobre un chico para lamerlo; el chico se larga a llorar y ella tiene que dar una larga explicación a sus padres. Está vacunado, no es peligroso; no tiene rabia. Salió con la intención de dar un corto paseo, pero la caminatita se le hizo interminable. Tenía la cabeza perdida en pensamientos distantes, cuando vio un Corsa gris acercarse de frente. Le hizo correr sudor frío y si hubiera podido, hubiera parado un taxi y metido los perros dentro para venirse hasta su casa. El Corsa pasa y ella no puede distinguir al conductor a través de los vidrios polarizados. Al anochecer, cuando vuelve, se tira en el sillón exhausta. Suena el teléfono y es Argelia. Bruno Trotti la llamó a la tardecita, le preguntó si quería acostarse con él. Sí, quería.

Al final, lo consulta con el abogado Bettinoti y pide al juez que prorrogue la restricción a su marido por un tiempo más, hasta que ella esté más fuerte. Hasta el próximo diciembre, hasta la feria de tribunales, aunque sea. El doctor Bettinoti le explica que para hacerlo deberán citarla del Tribunal, para un peritaje psicológico. Deberán ir los dos, Renzo y ella, cada cual por su lado, se entiende. ¿Quiere ella un peritaje? Pueden ponerse un poco pesados los profesionales, le anuncia Bettinoti, pero todo saldrá bien al final. Los psicólogos del Tribunal saben cuándo se enfrentan a un violento nada más verlo entrar por la puerta; saben cuándo una víctima miente. Ella no miente, ella dice la verdad. ¿O no dice la verdad? Gilda tiene la sensación de que nadie toma en serio sus problemas. Para el peritaje tuvo que pedir un día en el trabajo, cosa que la patrona no ve con buenos ojos porque al día siguiente deben entregar dos tortas de cumpleaños y un pastel de boda, de tres pisos y con muñequitos de mazapán, que eran los novios. Amadeo había fabricado especialmente un moldecito de latón para hornear a esos novios, como diez años atrás. Los llamaba Felicité y Pierrot. La patrona puso el grito en el cielo cuando Gilda le comentó que estaba citada en el tribunal. Amadeo tenía licencia por enfermedad, y con Amadeo con licencia por enfermedad y Gilda ausente, La Mariposa no marchaba, no podía funcionar. Tendría que encontrar un reemplazo y los reemplazos no son fáciles a última hora; cae cualquier pelafustán. Como sea, por esta vez vaya y pase, pero mejor que Gilda consulte con ella antes de aceptar otra citación.

La noche anterior al peritaje, Gilda sale con Argelia. Era el cumpleaños de un compañero de alemán. Sin poder evitarlo, Gilda se emborracha a la segunda copa de vino blanco, vino del Rhin, que alguien trajo para descorchar. La profesora del curso, *frau* Steffi, está ahí, la consuela y se la lleva a casa en un taxi.

El despacho de la Psicóloga es verde, los papeles de la pared son verde benetton, horrible. A decir verdad, Gilda no sabe si la doctora es psicóloga o psiquiatra, porque la chapita fuera pone solo P. Fader. Podría ser el nombre de la profesional, Paula, Pilar, Patricia Fader. Fuera, trabó conversación con el otro paciente; quería sacarse la duda de en qué consistía una entrevista de este tipo. El paciente cuenta que su caso es muy diferente; no soporta a su tercera mujer y a la segunda no la visita nunca. Que una vez por semana todavía va a lo de su primera mujer, le pide pasar la noche en su casa y ella le hace la cama ahí, en una habitación muy chiquita, repleta de trastos viejos. Pero mis noches, dice el tipo, en la casa de mi primera mujer, son peores que mis días: no echo un ojo hasta que amanece. La conversación con el hombre no ha sido muy productiva.

Después, la llaman y Gilda entra. La doctora la hace pasar; lleva puesto un vestido negro hasta los pies, de algodón o viyela, muy suelto y estampado en batik. Que vaya tan desnuda para ser septiembre se justifica por la ola de calor que asola Buenos Aires desde hace unos días. Dentro, hay un escritorio y dos silloncitos giratorios, en uno de los dos ella debe sentarse y tarda en elegir, como si fuera una decisión significativa si apoya el culo en el derecho o en el izquierdo. Sobre el escritorio, la doctora tiene una lámpara con pantalla de mimbre y un telescopio de cobre, de tamaño mediano, que parece de juguete. Una inscripción pone debajo: "Exposición de París, 1998". Gilda hubiera querido pegar el ojo en la lente, sin moverla demasiado, porque se nota que el ajuste es muy delicado, a ver qué cosas se pueden ver. Está delante de la doctora como de una astróloga. Pero no lo dice. La doctora se sienta frente a ella; tiene ojos avellana, le recuerdan a alguien. La hace repetir todos los sucesos penosos que Gilda ha vivido con su marido, hasta que no puede más y se echa a llorar. La doctora le acerca una caja de pañuelos de papel y ella se suena. No pueden volver a ponerle una restricción, no hay mérito suficiente.

Sí, ella sabe que Gilda tiene miedo y ese miedo es real; es lo que hacen las personalidades psicópatas en las personas. Por eso, dice en voz alta, acariciando la base del telescopito, hay que protegerse de la propia locura. Porque de la ajena no se puede, entonces, de la propia. Le tiende un folleto del Colegio de Psicólogos de Buenos Aires, le dice que elija uno, pida una entrevista y se haga atender. Puede elegir el que ella quiera: el costo del tratamiento lo cubre el Tribunal. Cuando sale, el hombre de las tres mujeres espera de pie. Se seca la palma derecha contra la pernera del pantalón y se la tiende a Gilda. Fue un gusto conocerla, que tenga mucha suerte. Igualmente, saluda.

A la vuelta, Argelia le insiste con que debería aprender box. O defensa personal. Aparte del psicólogo; porque por más que vaya al psicólogo, el cuerpo no se cura con tanta facilidad. ¿Por qué no hace la prueba? Gilda dice que no puede, no sabe cómo hacerlo. En la adolescencia era bailarina de jazz y antes, de más chica, la madre la llevaba a aprender ballet. Argelia pone los ojos en blanco mientras la oye perorar. No importa eso, lo importante es aprender a pegar. Saber que si alguien te ataca, lo podés golpear. Aunque no pase, aunque no se pueda, saber que podrías hacerlo. Argelia es alta, de un metro setenta y cuatro o más, espigada, usa el cabello corto de menos de una pulgada, y en verano, al ras. En el box no hay héroes; hay un tipo que sabe golpear y otro al que la defensa le falla. La rabia está aparte, está pero es un plus. ¿Me explico? Sí, se explicaba: un plus, como el amor en el sexo. Hay un club adonde se puede ir, Bruno la puede llevar. ¿Sigue viéndolo a Bruno Trotti?, pregunta. Lo ve; ¿Argelia lo ve también? Desde aquel llamado que no; desapareció como si se lo hubiera tragado la tierra.

Mi vida es un tataratá, canta la radio encendida dentro, en el salón. Bruno Trotti se pone dos dedos en la boca y chifla. Voy, grita alguien. Huele a cera para pisos. Un hombrecito bajo, más bajo que Gilda y muy delgado sale. Viene limpiándose la comisura de los labios, estaba comiendo. Bruno Trotti la presenta, mi amiga, dice, Cachorro. Cuando encienden la luz del salón, refucila el espejo. La bolsa cuelga, es un peso muerto. A ésta tenés que pegarle. Cuando le pegás, ponés los pies así. Bajás la cabeza, subís los puños, te protegés la cara. Dejás a la vista nomás los ojos y la frente. Porque sin los ojos no podés ver adonde pegás. Soltás el golpe, desde el hombro. Así, el puño va y vuelve por el mismo camino, con fuerza; pegás. Ahora, tenés que probar vos. Gilda pone los pies como el tipo le indicó, Bruno Trotti tiene agarrada la bolsa. Pegá, dicen. Gilda baja la testuz, se cubre. Siente la tensión en el brazo y apura el primer golpe.

Patricia Suárez

Rosario; 1969. Es dramaturga y narradora. Como narradora publicó las novelas *Perdida en el momento* (Premio Clarín de Novela 2003), *Un fragmento de la vida de Irene S.* (Colihue, 2004), *Álbum de Polaroids* (La Fábrica, Madrid), *Causa y efecto* (Punto y Aparte, 2008), *Lucy* (Sudamericana, 2010) y *La cosa más amarga* (Homo Sapiens, 2011) y los libros de cuentos *Rata Paseandera* (Bajo la Luna Nueva, 1998), y *Esta no es mi noche* (Alfaguara, 2005). En 2007 recibió el Primer Premio Cosecha EÑE de la revista homónima por su relato "Anna Magnani". En 2012 recibió el Premio de Relatos Cortes de Cádiz por su libro de cuentos *El árbol de limón*.

Cacho de Fierro

Patricio Eleisegui

...yo les digo Más respeto, que yo lo puse nocaut en el 10 al Loro Acuña, que venía invicto del Unidos de Urquiza. Pero no. Ellos igual se me cagan de risa. Y me dicen Pero dale, Cacho de Fierro, dale que ya casi son las 9 y hoy hay festival en el galpón. Entonces, se me viene a la cabeza la imagen de las medialunas con crema pastelera de la panadería de al lado, que yo no puedo comer por la diabetes pero que ellos compran igual. Y yo a veces me hago un poquito el remolón, porque está bueno hacerse desear. Que pidan por uno. Yo ya me retiré, les digo. Pero les importa lo más mínimo y ahí es cuando empiezan a cantar el Tata tatatá tata tatatá y me dicen Dale, Rocky, que hoy si no lo bajás no te comés el Danonino. Y siguen con el Tata tatatá, aunque a veces les miro la boca y los muy turros la tienen cerrada. Me toman el pelo, estoy seguro. Pero esos son los momentos en los que me pregunto si es verdad que cada tanto me cantan la cancioncita. O será como esa vez en la que se me apareció Martiniano Pereyra a los pies de la cama, y éstos me juraron que lo único que a mí se me pone adelante es la botella de Cinzano.

Pero yo lo vi a Martiniano. Lo vi levantar el puño derecho y girar el pie como patinando, armando el semicírculo con el que acompañaba el roscazo, para después decirme algo. Pero yo no lo entiendo y tampoco puedo decirle algo. Porque para cuando suelto el primer ruido él ya no está. Sale rajando del edificio antes de que yo termine de decirle Hoolaaa Mmmaaarrrtiniaaaano. Sale con el mismo apuro con el que éstos me dan vuelta y se empiezan a putear entre sí ni bien se manchan con el primer sorete. Yo les juro que siempre les quiero avisar, pero los herejes nunca me dan el tiempo y después se cobran la macana arrancándome los pendejos del pito. Para cuando entienden Mmmeeessss toooyyy Caggganndd ya tienen las manos untadas de mierda porque no alcanzaron a darme vuelta. Y yo un poco me río, porque los choricitos de caquita les quedan hasta abajo de las uñas, pero me río para adentro porque si me escuchan éstos son capaces de hacerme la del Rengo Palacios, que duerme al lado. Que un día se tuvo que clavar unas buenas cucharadas soperas de colitis. A ver, hacé buche, Batigol, le decían los hijos de puta. Todo porque una vez contó que jugó algún picado, un solteros contra casados, con el Pocho Pianetti, ese wing derecho que la reventaba en el Boca de Di Stéfano y ahora cuida una cochera en San Telmo. Hacé buche que la placa bacteriana es jodida, le decían, y si no te cuidás se te va a picar la dentadura postiza.

Ellos a veces lo recuerdan y, ya que está, me lo hacen acordar. Y cuando lo hacen, como saben que a mí el colitis me retuerce un poquito las tripas, se ríen con la boca de costado, tipo Francella, con la trompa hecha un triangulito; la misma jeta que le puse a Luis García el día que le dejé el hueso del tabique sobresaliéndole de la carne. 1968. Un buen caracú para el estofado de la doña, le chisté, y lo saludé con un cortito de derecha. Justo para vos, que andás falto de jugo de olla, me contestó. Porque el Lucho era así. Más rápido con la lengua que con los guantes el muy desgraciado.

Esa noche también sonó el Tata tatatá tata tatatá. No me digan que no. Ellos me discuten por discutir, porque estoy seguro de que en esa época ni siquiera habían nacido. A lo sumo estarían rascándose el ovillo en el huevo izquierdo de alguno de sus padres. O de los negros que les abrían de par en par las argollas a sus madres. Ahora me acuerdo del programa de Susana Giménez, que había invitado al Roña Castro, y la mina le dice Cuántos hijos tenés, Jorge, y el Roña le dice, no sé, quince, y la boluda le sacude ¿Todos con la misma? y el Roña, mirándose la bragueta del vaquero que le marca bien el ganso le dice Sí, Susana, todos con la misma, y se larga a reír solo. Porque claro: Susana no entendió ni entenderá jamás el chiste. ¿Por qué te creés que la fajaba Monzón? Porque Susana no entendía los chistes. Y una mina sin humor es como un perro que no ladra. No sirve ni para espiar. Entonces, hay que usarla de sparring.

Ahí el Roña se mereció la música de Rocky campeón. Y escucharla bien fuerte como la escuché yo cuando el directo de zurda que saqué en seco, casi desde el pecho, le rajó la cara al Lucho García. Cómo olvidar el ruido; ese crujido como el que hace la rama del eucalipto cuando se quiebra... Y a todos saludando al hueso de pollo que le saqué a ventilar al Lucho de la cara. Hasta esa gorda que lanzó los ravioles con crema ni bien la salpicó la primera gota de sangre. Ellos no estaban y no pudieron verme llorar de risa como ahora, cuando los veo enrollarse los dedos con papel higiénico y luego ponerse en fila para aflojarme los soretes que todavía me quedan pegados al cuerpo. Mirá cómo le tiembla el agujero del culo, dice uno. Es como Susana: no entiende los chistes. O mejor dicho, apenas se sabe dos chistes: precisamente el de mi ojete eléctrico y otro que dice De todos los que tuvimos hasta ahora, chicos, éste es el primer viejo con un upite que te guiña el ojo. Fijate el tapón de pileta olímpica que largó: si no le enchufamos un par de enemas se nos va a morir Papá Pitufo, y en un mes no va a venir más Pitufina a pagar la cuota. Chau a ese hermoso cometrapo, muchachos.

Pero yo sé que me queda más de un mes. Mucho más. Y aunque un boludo me gaste, yo sé que en el fondo todos quieren que ningún cascote de mierda me termine de atorar y me pase para el otro lado. Pero a mí no hay lechuza que me tape el agujero. Yo puedo aguantar desde las ganas de mear hasta que se me descosa la panza porque hace días que no pico un paté. O las manos, que con los fríos más bravos me hormiguean como si estuviesen congeladas. Yo puedo aguantar a mi nieta, a Pitufina, como le dicen estos pajeros a dos manos, chupándole los dedos al que un rato antes me estuvo deshaciendo las bolitas de caca que amaso cuando, ya sabés, no llego a ponerme boca arriba y a pedir la chata.

Por eso todavía me eligen. Porque como dijo uno desde que entré acá Me parece que Ismael todavía se la banca. Y claro que sí. Yo hubiese podido hasta con Locche, pero en ese momento se cruzó un fifí del Almagro Boxing Club que dijo No, estos dos no. Y me dejó sin el terrenito. ¿Te conté que siempre quise tener una calesita de animales? A veces sueño con caballos de plástico...

El fifí dijo que no porque yo era zurdo. Que ya conocía el truco de los diestros cuando dan el pasito al costado y, una vez que pasaste bien de largo, te ponen un castañazo en la pera. No me querían porque Locche no sabía pegar. Y yo sólo sabía recibir ¿se entiende? Era armar una pelea para que la gente se calentara y terminara prendiendo fuego el ring. Che, no se puede juntar al que no pega con el que más aguanta, me dijo Nicolino. Bueno, entonces yo te amago y vos te tirás de cabeza, lo primerié. Se rió como Francella.

Ellos a veces me preguntan por Nicolino, y si es verdad que se tomaba hasta la presión. Yo digo que no, que ayer lo vi y andaba lo más bien. Y no digo nada más, porque jamás fui alcahuete de nadie. Yo, en cambio, me tomaba todo el moscato calladito la boca. Y calladito la boca me cogía a todas las "ina". Todas en cuatro, porque si hay algo que siempre me gustó, bueno, eso es ver en primera fila cómo la verga les entra y les sale. Como si estuviese en un cine condicionado. ¿Es condicionado o acondicionado? Nunca me queda claro. Es como el sartén o la sartén. ¿Es el sartén o la sartén? Y todas las "ina" me decían Despacio, Cacho, que el motor recién está en marcha y vos ya querés salir arando a lo Chueco Fangio. A lo Aguilucho Gálvez querrás decir, las corregía. Pero yo no las esperaba nada: las clavaba como una chapa. Para que no se vuelen. A las "ina" parecía que hasta los mocos se les iban a salir para afuera. Algunas apretaban los talones contra el piso de un modo que, no te miento, parecía que iban a levantar las baldosas hasta clavar las patas en la tierra. A esas yo les decía Las Sembradoras. Porque amagaban un trote con los tobillos y rajuñaban el suelo como queriendo plantar algo. Algún trigo. Un maíz. Quizá una alfalfa. No sé. Adelina. Betina. Serafina. Paulina. Ernestina. Celina. Las que mejor galopan son las que tienen nombres que terminan con "ina", Ismael, me secreteó una noche de guiso de lentejas el caradura de Celestino Pinto.

Y yo, como buen boludo, al principio no le creí. Por qué, te dirás vos. Porque Celestino era muy lindo. Como Cirilo Gil, ¿te acordás? Qué garrón comerse una apendicitis cuando ya casi tenés la medalla olímpica en la mano... Pero Celestino tenía razón y era una delicia sentir cómo esa cosa suave se les abría, a veces raspando, como cuando uno trata de meter el corcho adentro de una botella de sidra, y otras con suavidad, como quien separa los labios de la más húmeda de las bocas. Después de la primera estocada, todas reaccionaban igual: empezaban a retozar como yeguas en celo. Medio que se querían escapar y ahí uno tenía que pasarles la mano por el lomo para después bajar por los sobacos hasta manotearles las tetas. Bien fuerte. Porque para las "ina" las tetas son lo que el freno para los ponys. Donde les cerrás las manos en los pezones, te juro que enseguida dejan de corcovear. Y ahí, una vez que se quedan quietitas y dejan de amagar alguna que otra patadita, recién ahí, te permiten marcar el paso. Porque como a toda buena montura, les encanta el jinete que las sabe hacer desfilar. Y yo, que porque soy alto casi estuve en los granaderos de San Martín, por supuesto que sé hacerlas lucir lo mejor posible.

¿Vos cogiendo?, me dijo uno de ellos, mientras me encintaba los guantes. Como vos jamás pudiste, pendejo, pensé. Como cuando vivías con tu mamá en esa casa chiquitita, ¿te acordás? Y vos lo escuchabas. Al novio de tu vieja chupando algo como quien chupa un caramelo, con gusto, aunque vos sabías que no era un mediahora lo que estaba relamiendo, sino las tetas caídas, medio secas, de mamá. Porque mami había tenido cinco hijos y los pezones se le habían arrugado hasta quedarles como el filtro pisoteado de un Particulares 30. Los escuchabas y se te aparecían los dos en la cabeza, sobre todo ese tipo que tenía toda la leche para hacer hermanos que no serían tus hermanos. El chistido de la lengua lamiendo como si fuera un helado de sambayón. Lo veías ponerse encima de tu vieja y a ella chupándole el dedo gordo de la mano; ese dedo-tarugo engordado de tanto ajustar tuercas y cambiar llantas en la gomería, mientras mamá con una mano le amasaba la carne de telaraña que le ataja los huevos. Y a la verga, que ya está dura como una tosca, nene. ¿Los ves? Se la quiere meter por el ombligo al grito de "no llamés a los bomberos, acá tenés el matafuego". Pero ella se la endereza con la mano y se la apoya en la hendija. Él la tiene re grande: vos lo viste un día que se bañó en tu casa. Y bien gruesa. No como vos, que tenés una lapicerita como la que tenía tu papá, que siempre se iba en seco, y obligaba a mami a terminar durmiéndose caliente o hamacándose en el baño sobre el mango del secador de pelo.

Sí, él la tiene grande y gruesa como un burro, y se la empieza a meter pero a mamá no le entra. Está muy dura, che, se queja ella. Pero él no dice nada: le sigue sacando brillo al botoncito lechero de tu vieja con la misma lengua áspera con la que, cuando se queda a cenar, levanta todas las migas de pan de la mesa. Está muy dura. Y vos te la imaginás así: puerteando. Y no te das cuenta, pero a vos también se te puso duro el manicito. Te llevás la mano abajo del calzoncillito que te regaló la abuela para la Comunión y te hacés la pielcita para atrás. ¡Uy, pero qué caliente está ese cubanito, nene! Mamá respira pesado en la pieza de al lado. Resopla como si estuviese cambiando el aire en un partido de fútbol 5. Ya le entró la cabeza y él no piensa quedarse piola hasta que la mitad le raspe el útero. Te movés la pielcita más rápido. Mami se queja, como si alguien le estuviera contando algo triste que casi casi la hace llorar. Y a vos eso te sube todavía más el calorcito. Se sienten los resortes de al lado, como cuando vos y tus hermanos saltan para ver quién toca primero el techo. Ñiqui ñiqui ñiqui ñiqui. Ahora los resortes que suenan son los de tu colchón, pibe. Lo de mami ya es un llorisqueo. Le adivinás la morisqueta a tu vieja y la frente transpirada al tipo, que se muerde los labios, multiplica mentalmente $2 \times 2 = 4 \times 2 = 8 \times 2 = 16 \times 2 = 32$, una y otra vez, para no llenarle la panza de guasca. Como también hacés vos, que con esas dos gotas de lechita que escupe tu pistolita no querés manchar las sábanas que te trajo Papanuel.

¿Ahora sí me ves cogiendo, pendejo? Apretame bien las cintas y callate, ¿querés? En todo eso pienso. En un minuto. Mientras uno de ellos termina de calzarme los guantes en el baño y luego me tapa la cabeza con un toallón. Después me llevan entre cuatro, a los empujones, aunque yo les hago señas de que puedo caminar sin problemas. Claro que puedo caminar. Y también levantar los brazos. Y también rebotar en los talones. Con ese saltito que tanto sorprendió al Chato Gómez. Porque él era el campeón sudamericano y no sé que ocho cuartos. Pero a mí no me importó que calzara 43, y en el pesaje me hiciera señas con la verga en la mano para hacerme creer que él era el más macho de los dos. Porque yo sabía bien que no lo era. Que al paraguayo le gustaba que le llenaran el tubo con vitina. Le encantaba la sémola al guaraní. Así que ahí nomás, en la balanza, le tiré: Una así pero bien parada te metiste adentro anoche, pipo. Y se me vino al humo, como indio que se une al malón. Me dijo Te voy a enseñar lo que es un sánguche de muelas. Y yo le dije Hacémelo con mayonesa. Y él me dijo Te van a faltar colmillos para clavarle al pan. A lo que yo contesté A vos hace rato que te los limaron a fuerza de tanta tripa gorda. Y ahí nomás me cruzó un zurdazo. Nunca me reí tanto en la vida.

No mintió el paragua: me dejó el comedor hecho un desastre. Pero nunca me caí. Ni una vez. Al contrario, con la primera que me dobló, y con la boca haciendo buches de sangre, alcancé a decirle A mí ningún Carlitos me pone en cuatro como a vos, chatito. Yo soy de los que doman a las potrancas bravas como vos. ¡Para qué! Revoleaba piñas más rápido que la hélice de un helicótero. Dos ganchos, uno atrás del otro, me colgó en la pera. Pero seguí y seguí. Toreándolo con la cabeza. Comiéndome todos los chirlos hasta que en un momento desarmé toda la guardia y me le planté con la nariz. Encaré todo lo que me tiró. Hasta rodillazos. Pero jamás rocé la lona y el paraguayo, a medida que pasaron las campanas, empezó a llorisquear. Caete, hijo de puta, me decía. Caete. Esa noche de julio de 1969 dejé de ser Ismael. Hugo Ismael Alarcón. Y pasé a ser Cacho de Fierro. El gran Cacho.

Después vino el salteño Nuñez, que había sido policía y tenía fama de entrenar en los calabozos, cagándose a piñas con los presos más grandotes. 1970. Y un tal Firmapaz, que andaba para todos lados con una novia gorda que después resultó ser la hermana. A todos les aguanté la mano y los empellones con el Tata tatatá tata tatatá en la cabeza, y aprovechando las enredadas de brazos para meter algún que otro bocadillo. Che, Nuñez, ¿tu viejo sigue en cana por afanarse una gallina? Che, Firmapaz, si tu hermana sigue con ese problemita para cagar, te aviso que tengo un amigo tucumano que hace maravillas con la caña de azúcar. Y la gente, que a la par se lastimaba las manos aplaudiendo palizas recibidas que me hicieron gigante.

Así, así, así hasta que un día fui y señé el terrenito para poner la calesita, ahí en Caballito. Soñaba con caballos de plástico ¿te lo dije? Porque siempre me gustaron los animales. Pero más los que se dejan pasear, porque esos son los que gustan de las personas. Lo miran a uno a los ojos y te reconocen como un par. No hay amos ni mascotas: ahí hay una compañía que se disfruta. Hay una confianza que nace y se hace grande a través de esos dos que se miran y se reconocen. Todo lo demás, te lo juro, es mentira.

Pero también ahí tenés un problema porque ¿cómo hacés para tener siempre esa compañía si lo que hermana es la libertad? Por eso yo me cago en los zoológicos. No voy más porque las últimas veces que fui terminé tirando apercats con los cuidadores. Y yo tengo la zurda prohibida por ser boxeador. Por eso la calesita. Para levantarme a la mañana y saludar a las bestias con un chiflido de esos que pegan en la selva. Como un Tarzán, pero que en vez de África el tipo vive en Caballito. Y al calor del solcito mañanero repasa a sus fieras. Las acaricia. Le mira los colmillos al elefante para ver que no tenga caries. Abraza a la cebra para que tome agua y aprenda a no patear. Sí. Junto con el aplauso que me hizo el más grande siempre estuvo esto de poner a andar la calesita. Para después abrirla para los pibes ¿viste? Para que le pierdan miedo al puma, al ciervo, a la jirafa. Que charlen conmigo. Para que aprendan cosas. Que no es lo mismo un burro que una mula. Que el guepardo tiene un pique que le gana al Torino. Que lo que tiene el rinoceronte en el hocico no es un cuerno sino un pelo duro como la uña de cualquier mina. Que es mentira que los canguros son boxeadores. Y que los boxeadores nos terminamos volviendo canguros.

Por eso siempre guardaba las monedas. De a centavos me compré el terrenito. Después encargué los animales y estuve ahí hasta que nacieron. Y todos fueron como yo los espe-raba. Yo dije No es así el ojo del burro. No es así la boca de los leones. No es así el cuerno del antílope. ¿Y cómo es el cuerno entonces?, me dijo el tarado que los hacía. Como el de tu viejo, le dije. Conseguí una Ford, los cargué a todos en la caja, y me los llevé a casa. Al otro día, los animales no es-taban. Tampoco las maderas y las luces para la calesita. Sólo me quedó el terrenito. Para patear los yuyos y putear con las hormigas. Para juntar las chapas de los vecinos y esperar. A que alguien me diga Cacho, vi tu calesita, está llena de pibes y dando vueltas en Almagro. No sabés, apareció en el trián-gulo de Bernal y todos los animales iban cargados de chicos y la música sonaba bien fuerte. Esperé, pero nadie vino a decirme que la vieron andando o que un mono de fantasía apareció tirado en una zanja de Llavallol. Esperé. Hasta que se ve que esperé demasiado. Y un día llegó la ambulancia. Y al otro me despertaron ellos.

Lo único bueno es que nadie jamás me negó que yo soy yo. Un titán, o sea. Porque, no sé si te dije, yo fui tan grande que hasta Tito Lectoure me armó una rifa para darme unos mangos cuando caí en la mala. Eso no se lo hizo ni a Monzón. Pero éstos no lo saben. Qué van a saber. Ellos se creen que ahora, de viejo, los que me ponen adelante me van a bajar. Que haberme conseguido a unos cuantos con menos años para que me fajen en un galpón me puede llegar a ablandar. Por eso yo no quiero la guita. Fffúuummmenselaaa usstedddesss, les digo. A mí déjenme el terrenito. Y ellos se cagan de risa, como los diez o quince que se sientan en ronda y a la par de los sopapos nos revolean con pañales recién cagados o bolsas con suero. Todos con esos guardapolvos. Pero a mí no me importa: éstos no saben lo que es correr una vuelta a la manzana. Apenas si sirven para limpiarme mal la mierda. Bañarme después de los 5 rounds y traerme las facturas con crema pastelera. Y a la semana vuelta otra vez a los guantes, los empujones, los rivales que a veces se caen solos por más que se hagan los Cirilo Gil o los Horacio Acavallo. Y los guardapolvos que aplauden a nuestro alrededor. Algunos hasta hacen como que se sacan el sombrero en reverencia cuando el que tengo enfrente se dobla de cansancio.

Yo se las hago peor: pongo las manos a un costado y les hago jueguito con el cogote y la cabeza. El bamboleo de la gallina clueca. ¡Hay que ver cómo se raya el rival que tenés enfrente! Se olvidan que son viejos y que, como a mí, también me duelen los codos y los hombros y los talones los días de lluvia. Vuelan los castañazos en el ring mugriento.

En un galpón con olor a meada y por guita que después se llevan otros. Que acá, claro, se encanutan los guardapolvos, a los que nuestras familias, esos hijos malparidos que uno tendría que haber tirado al inodoro como cualquier paja, todos los meses les dejan unos buenos mangos para que nos cuiden. Nos calienten las patas hasta que no haya más que calentar. Pero a mí eso tanto no me importa, porque a mí nunca me gustó que me cuiden.

Por eso no se me mueve una pestaña cuando éstos se amasan el fideo en el baño porque saben que viene Pitufina a pagar la cuota. No importa que me muestren cómo les termina quedando la verga, así, semiparada, y que después se suban la bragueta de un tirón cosa que les quede más bulto abajo del pantalón. Porque ella es chicata, vos me entendés. Pero ellos no lo saben. Claro, es chicata pero no boluda. ¿O por qué te pensás que se manda una tanga negra abajo de una calza blanca? ¿Porque hace gimnasia? No. La única gimnasia que ella practica es conmigo. Cuando se acerca al borde de la cama y me dice Abuelo, pregunta mamá cuánto te falta para morirte, porque anda con un problemita, una silicona encapsulada en una teta, y le alcanzaría justo con lo que vale la parcela de Caballito. O me dice ¿Cómo me veo? Esta es la ventaja de tener un amigo médico, abuelo: así no hay forro roto ni embarazo que valga. Y luego se baja el corpiño. Me acaricia la frente con un pezón. Después juega con mis manos. Si se te pusiera como tenés el dedo gordo, abuelo. Y empieza a jugar con las mangueritas. ¿Qué pasa si aprieto acá? ¿Conecto o desconecto? ¿Para qué sirve este botón? A que te pincho la bolsita... Sólo cuando empiezo a abrir la boca larga la risa y me presta atención.

Mmmmartiniaaaaannno, grito. Martiniano. Hasta que aparece. A los pies de la cama. Martiniano Pereyra. Pantalón negro y párpados con vaselina. Levanta el puño derecho y gira el pie como patinando, armando el semicírculo con el que acompañaba el roscazo, para después decirme algo. Pero yo no lo entiendo. Otra vez. Y ella que me dice ¿A quién mirás? Y se acomoda los breteles. Suelta la manguerita. Otra vez, viejo de mierda, me saluda. Se levanta la tanga hasta hacerla desaparecer en su culo y encara la puerta. Del otro lado del vidrio la espera uno de ellos. El que más putea cuando me cago. El que me saca los pelos del pito con una pincita de depilar porque no aviso que ando con cagadera. Además, habrá algún otro que le dedicará una buena paja a Pitufina. Pero yo no puedo vender nada porque todavía nadie me avisó dónde está la calesita. ¿Y si eso pasa en un rato? ¿O mañana? No puedo estar sin el terrenito. Por eso aguanto. Porque soy el más duro. El que aguanta todas y nadie lo noquea. Nadie. El que les gana por cansancio. A Pitufina ya le está pasando y por eso viene cada vez menos. Un día no me va a venir a visitar más, y yo voy a levantar los brazos como cuando cayó Firmapaz.

Vos te reís, pero te juro que ahora tengo más aguante que a los 20. Así como me ves, yo nunca le pedí a nadie que me frote las bolas con alcohol para que afloje el dolor de huevos porque hace mil años que no la pongo. No señor. A mí no me importan ni los calambres en la cintura ni no poder agacharme en una semana. Me chupa un huevo que los brazos arrugados me queden percudidos de moretones. No señor: a mí dame un par de guantes. Y un trago de moscato. Y poneme enfrente al Chato Gómez. Al turro de Perezlindo. Al Ruso Longoni. A Locche también, si querés. Vas a ver cómo éste que ahora te habla sale caminando como si nada. Enterito. A lo sumo, puedo pedir que al final me tapen con una cobija porque, no te voy a mentir, siempre termino con un poco de frío. O unas pantuflas. Lo que jamás voy a dejar de reclamar es que no paren de gritar.

Griten mi nombre. Bien fuerte. Bien fuerte, hijos de puta. Siempre que suba y baje del ring. Griten todos. Hasta que un día no pueda escucharlos porque me quedé sordo para siempre. O muerto. O es que me dormí, y otra vez estoy soñando con caballos de plástico...

Patricio Eleisegui

Sierra de la Ventana, provincia de Buenos Aires; 1978. Publicó relatos y poesías en revistas y portales de Internet de Argentina, España y Perú. Su primera novela, *Galletitas,* fue finalista del Premio Clarín de Novela 2011. Tiene un libro de cuentos inédito y una *nouvelle* en proceso de escritura. Durante dos años organizó el ciclo de lecturas Corrincho. Se gana la vida como periodista.

Otro ring

Mariana B. Kozodij

"El corto" de la Paternal se desplomó en el sofá floreado. El living pintado con una mano de verde agua no tapaba del todo el amarillo patito de antaño. Una mierda de mezcla de colores que hacía que la casa se viera como una pocilga.

—La puta; hubiera sido mejor pintar todo de rosa.

La guita que ganaba con los guantes la cuidaba la Chola. La mina, desde que se casaron, se había portado bien. Era bastante mudita, hacía buenos pucheros como los de su vieja —que el de Arriba la tenga en la gloria—, no armaba bardo aun cuando había manotazos de por medio y todavía seguía cogiendo. Pero por sobre todo, la Chola era fiel y eso en su universo de valores cotizaba alto.

Él había conocido el esplendor de "La cholita", como la llamaban hacía diez años, cuando todavía era un púgil con acné que cruzaba la soga dando saltitos en el piso engomado del gimnasio de Honorio Gómez.

Todos estaban locos por ella, incluso Juan "la monita" Castro. Castro era uno que venía ganándose una reputación esquivando la lona, y haciendo de sus movimientos en el *ring* un zoológico visual para delirio de los del barrio.

La Cholita venía con su grupete de conchuditas que se hacían las chicas "bien" usando vestidos a la rodilla con lunares de colores, y moños en la cabeza que combinaban con el color de las uñas de los pies apenas cubiertos por suecos con plataforma de yute.

Las pendejas entraban al gimnasio y empezaba el espectáculo del contoneo, mientras cachondeaban con su perfume el sabor agrio del sudor de los machos. Un olor excitante y asqueroso al mismo tiempo. Como el hedor de las calas cuando se pudren en las coronas: dulce pero marchito.

Para "el corto" ver a la Chola era como si el tiempo le hiciera un *uppercut* en cámara lenta: percibir esas piernas con final de yute dando pasos directos al *ring*; hasta que el saludo lascivo de la Cholita a Castro hacía que el gancho del tiempo se le reventara en la cara. Era como bajar la guardia y que el golpe entrara de lleno una y otra vez, sin registrar la venida.

La mina era inalcanzable en ese entonces, le llevaba unos diez años, y "el corto" desde el charco de transpiración que generaba su cuerpo con los ejercicios frente al espejo se sentía insignificante.

Honorio Gómez, el dueño del gimnasio, era un tipo medio parco, pero lo suficientemente avispado como saber dónde poner el ojo y la guita en las apuestas clandestinas. En el gimnasio la ley de práctica estaba regida por una especie de "amateurismo barrial", la manera elegante para dar cuenta de las peleas no oficiales que ayudaban a los giles que recién empezaban. Todo con tal de ganarse unos mangos.

"El corto" había empezado a visitar el lugar cuando tenía unos quince años, llevado un poco por la curiosidad de ese ambiente masculino y otro poco porque todos decían que desde ahí se podía dar el "gran salto" para salir de pobre.

Esto último era más un mito barrial que otra cosa, Honorio Gómez no entrenaba profesionalmente a nadie, a lo sumo uno podía convertirse en uno de sus elegidos para moverse en el circuito clandestino de peleas que sí dejaba guita aunque no la fama de ganar cinturones.

Cuando "el corto" empezó a entrenar lo metieron de una con "la zanahoria" López, un pendejo puro pecas, que tenía unos brazos larguísimos que le quedaban desproporcionados y más en comparación con los de él. "El corto" se había ganado el apodo la misma tarde cuando entró al gimnasio y encaró directo a Honorio pidiéndole una chance.

Mientras el viejo le examinaba sus bracitos morrudos y diminutos haciendo una mueca de duda, rodeado por los púgiles del gimnasio; bastó con que "el gringo" Peralta le pateara la rodilla por detrás para que "el corto", luego del movimiento reflejo de flexionar las piernas, girara sobre sus talones y demostrara un par de gambas ágiles, bien plantadas pero lo suficientemente flexibles como para permitir un quiebre de cintura sin perder estabilidad. A Gómez no tardaron en brillarle las pupilas. Y en eso; el viejo no se equivocaba nunca.

Unos meses después de esa tarde de bautismo, "el corto" vio por primera vez a "la cholita", el pibe ya rayaba los dieciséis y esa hembra de piel aceituna y pelo oscuro se le antojó única a tal punto que no pudo evitar una erección que los pantaloncitos negros no ocultaron.

"La cholita", a pesar de ser un minón, andaba soltera pero con apuro, los años le corrían detrás y muchas de sus amigas ya estaban casadas y con hijos y otras comprometidas con tipos que podían mantenerlas. Ella no entendía cómo podía ser que amigas mucho más fieras hubieran pasado por el altar, mientras ella que siempre había hecho culto del cuidado de su cuerpo estaba más sola que la mierda.

El tema era, como le decía su tía Carmen, que los tipos le tenían miedo. Tanta belleza, le jugaba en contra.

Si bien "la cholita" andaba con apuro para criar barriga, no quería cualquier cosa a su lado, buscaba algo que destacara un poco en ese fango boxístico. Un macho bien puesto, y con bolsillos lo suficientemente amplios como para mantener una casita con jardín que tuviera una rosa china y lavadero con ténder al fondo.

No pedía mucho, pero tampoco tan poco.

El candidato firme de la Chola era "La monita", un tipo bastante pelotudo que cuando se reía tenía cara de taza con manijas pero que sabía plantarse en el *ring* y ganar las peleas que le armaba Honorio cada semana. El tipo ganaba y por ende llenaba el buche, aunque también se la daba de *dandy* y tiraba bastantes billetes en putas. "La cholita" sabía de ese hábito pero confiaba en su futura administración sobre ese zángano una vez que lo hubiera enganchado.

El primer acontecimiento favorable para "el corto" comenzó una noche pegajosa de Octubre, Honorio había armado una pelea con "La monita" de Paternal y "El turco" de la Boca. Casi todo el barrio estaba esa noche en lo de Honorio, la gente andaba un tanto silenciosa para que desde afuera la yuta no notara la actividad. No porque fueran a clausurar el boliche sino para que no vinieran a pedir coima y cargarse con buena parte de las apuestas.

Había que golpear tres veces cortitas y sucesivas sobre la persiana marrón, para que el Gordo, designado el "cronometrista oficial", abriera la puertita y te dejara pasar.

Las peleas estaban pactadas en cinco rounds, hasta que uno de los del *ring* se comiera la lona y no se pudiera levantar. No existía el KO técnico, para ganar sólo valía tirar al otro hasta dejarlo medio muerto. El sangrado, o el arrinconamiento no eran motivo para tocar la campana, sólo se respetaban los minutos entre *round* y *round*, y evitar los golpes bajos. Después valía casi todo.

Esa noche, "La monita" estaba exultante, sabía que "El turco" no era fácil pero que venía medio baqueteado de su encuentro anterior con "Manteca" Rodríguez. La cosa tenía muchas chances de inclinarse a su favor, además pensaba lucirse ante su séquito de hembras. Las apuestas lo favorecían 6 a 4.

La pelea empezó a favor de "La monita"; que era más ágil que su oponente, aunque al segundo *round* cuando ya chorreaban sangre los dos; "El turco" le cruzó la mandíbula con la izquierda con tanta violencia que Castro puso los ojos en blanco y cayó en la lona, sin moverse.

Hubo silencio en el gimnasio, hasta dejó de escucharse el sonido de masticadas de choripán. Fueron segundos que parecieron horas. "La monita" reaccionó lentamente, se acomodó en posición fetal mientras escupía sangre y dijo "no puedo más". Ahí; en un instante de excitación, "El turco" le bajó los lienzos y dejó a "La monita" en calzones de leopardo; acurrucado, mientras él revoleaba los pantaloncitos del vencido, mostrándose eufórico ante la mirada atónita y avergonzada de los de Paternal.

Esa noche se conoció como la pelea en que un turco desvirgó a una mona. Y fue el fin de la devoción por "La monita" Castro.

"La cholita" sintiendo un poco de vergüenza ajena, se dejó de mostrar por el gimnasio.

"Se nos fue el espectáculo" –decían los muchachos, mientras "el corto" callaba su angustia hormonal en el vestuario.

Honorio no se había equivocado en dar una chance al de los brazos cortitos, lentamente fue metiendo al pibe en el mundillo de las peleas, pero cuidándolo, no dejando que se cebara, marcándole la conducta.

"El corto" de Paternal con diecinueve se hizo en dos años de una fama aceptable en el circuito de peleas clandestinas; minas para "pasar el rato" no le faltaban, tenía un par de amigos, entre ellos "el Zanahoria" que le era incondicional y el viejo Gómez no lo cagaba demasiado con la guita.

Podía darse por satisfecho aunque no se había sacado a esa minita con tacos de yute de la cabeza.

La buscó, pero "La cholita" se había ido para Córdoba capital a visitar a un pariente y se había quedado allá. Algunos vecinos especulaban con que estaba casada, y con varios críos colgados de las tetas, pero nada era certero, salvo que "la cholita" se había esfumado del barrio.

El segundo acontecimiento favorable para "El corto" fue a unos días de cumplir los veinte años; su amigo "el Zanahoria" lo invitó al bautismo de Marcelita, hija de la hermana mayor de su amigo.

"El corto" le pidió a su hermana que le planchara la mejor camisa, y una vez hecha la raya al costado salió silbando con el paquetito del regalo bajo el brazo para la mocosa.

Marcelita sí que era una linda nena, pelo enrulado, un poco engrasado siempre por el toqueteo familiar y ojos grandes y redondos; todo un espectáculo. Además se reía como una loca, "El corto" pensaba que el día que tuviera una hija quería que fuera como Marcelita.

La fiesta del bautismo tenía lugar en el jardín de la casa de "Zanahoria"; era una casa modesta, llena de ventiladores turbo que habían traído los familiares para contrarrestar el calor bochornoso. Algunas moscas zumbaban entre las cortinas y los mosquiteros; las empanadas se adherían a las servilletas y los aperitivos pedían hielo.

Una vez que "el corto" llenó el vaso con una parte de cinzano rosso y tres de soda con burbujas grandes, como le gustaba decir, enfiló derechito para la heladera. Y ahí, a la vuelta del living comedor en un sofá camel de cuerina, estaba sentada la mismísima dueña de las piernas con sandalia de taco de yute.

Al "corto" le tembló la mano, y luego la voz:

¿Qué haces?

Hola; le contestó como en una pausa desinteresada "la cholita" aunque ahora se hacía llamar "la chola".

¿Te acordás de mí?

No, la verdad que no, uf... qué calor que hace acá, en esta casa.

Del gimnasio de Honorio, de Gómez... entreno ahí.

Mmm, no la verdad que no. Voy a buscar un trago, me mata la sed que tengo.

Te acompaño.

Una vez que "la chola" se metió en la cocina, "el corto" se mandó detrás trabando la puerta. Y ahí ante sus ojos se desplegaron las cuatro sogas que por los dos costados empezaron a rodear la habitación, avanzaban lentas pero conociendo el camino, implacables; acordonando como manos extendidas dispuestas a prenderse de ese culo bamboleante frente a la Siam con congelador.

El piso se fue cubriendo con lona, los sonidos se dilataron esperando la campana para volver a contraerse en la primera piña.

Y "la chola" se dio vuelta chupando lascivamente una rodaja de limón, haciendo un chasquido mientras exprimía el jugo con la lengua apretada contra el paladar, y ahí se encontró con los ojos de un boxeador, uno que estaba en un *ring* que no era el del gimnasio de Honorio, uno que avanzaba determinado hacia ella.

"El corto" corrió y de un sacudón le bajó la bombacha y le metió eso que ella estaba buscando. Fueron varios movimientos bruscos, lenguas llagadas por los canapés picantes que se mezclaron en un charco de saliva, limón y cinzano. Manos ásperas que tocaban la carne apretada en un vestido a lunares. Manos engrasadas con crema de aloe vera, que se enredaban en los pelos crespos de un pecho que todavía ostentaba acné.

Y los gemidos, eran como golpes rítmicos en una mandíbula que se iba destrozando en el acto de gozar. Sin árbitro, sin reglamentos.

La penetración del golpe perfecto en las entrañas de un objeto de deseo.

El resto de la historia se vislumbra en el comienzo.

Mariana B. Kozodij

Quilmes, 1983. Estudió Ciencias de la Comunicación en la U.B.A. Practicó la docencia y la investigación académica. Fue co-organizadora del ciclo literario y musical Naranjas Azules. Productora radial desde hace más de siete años. Ahora incursiona en la producción televisiva. Escribe en sus ratos libres y trabaja en su primera novela.

Unificación

Juan Guinot

Tina lleva media mañana mirando la nuca de Liú; ambos son los últimos integrantes de una larga cola. Una sombra movediza los cubre. Aparece un brazo mecánico que los envuelve con una enorme pinza y los separa de la fila. Por alta voz se avisa que ya no quedan más suplementos. Liú llora desconsoladamente. Lleva cinco meses de ahorro para poder comprarse el suplemento del ceñovisor que le permitirá ver, esta misma noche, la pelea por la Unificación. Tina se contagia de Liú, son un mar de lágrimas. La Selectora de Clientes de la tienda de suplementos dice "lágrima es venta" y ordena la vuelta de Tina y Liú. El brazo mecánico los zampa nuevamente, avanzan al primer lugar en la fila, una mano metálica les implanta el suplemento dentro del ceñovisor y dejan de berrear. Un flash registra las pupilas de Liú y Tina para el cobro. El brazo retoma el movimiento y los lleva hasta la puerta de la tienda donde abre la gran pinza. Tina y Liú caen al suelo. Desde el llano de la vereda, se conectan a través de la resaca del llanto. Tina abre un punto turquesa en la mente de Liú y se invita a ver la pelea por la Unificación en casa de él, pero le advierte que ella va por El Puro porque es pura. En la mente de Tina brota el botón verde de Liú, está invitada. Se incorporan y aceleran el paso. Cada vez queda menos tiempo para el inicio del combate.

Traspasan el portal lumínico de la casa de Liú. Ya están en la primera cita: cada uno sentado en el sillón con forma de semihuevo, espalda contra espalda y expectantes al inicio de la señal dentro del ceñovisor. Dentro de las bóvedas craneales irrumpe la voz del locutor: "El Híbrido es hielo ardiente". Liú se ríe y piensa, "Hielo ardiente, no estoy para escuchar pavadas". Alarga un pestañeo y el ceñovisor enmudece. Tina está atenta al pensamiento de Liú, y a través del botón turquesa, le sugiere ingresar al abanico *atributos pugilísticos* del ceñovisor antes de burlarse. Liú le hace caso, abre los párpados, hace un bizqueo y en el ceñovisor se abre el abanico con los atributos de El Híbrido:

Doble péndulo – Topadora frontal – Hielo ardiente.

Liú pestañea en "Hielo ardiente" y aparece:

Los nudillos de El Híbrido son las puntas del iceberg. Al contacto con la piel la congelan y anestesian para marcar un hoyuelo. El témpano (el puño) avanza y hace del hoyuelo una boca de volcán: El Híbrido es un artesano que perfora en frío y sin dolor. Ni bien los nudillos tocan el hueso, el puño se despega del rostro. La piel abierta del oponente es la boca de un volcán frío, por donde comienzan a brotar ardientes chorros de sangre.

"Si lo dice el ceñovisor, es verdad", piensa Liú y efectúa dos golpes de párpados: cierra el abanico; aparece la imagen y el audio del ring, pero sin locutor. El ring está vacío y la lona pastel muta a un cuadrado multicolor:

¡Compre ya pasta de pizza y cerveza!

Los ojos de Tina y Liú se ensopan y el dispositivo del ceñovisor acepta la intención de compra y Liú masculla entre neuronas: "Cinco menos en la cuenta para pasta de pizza y cerveza, menos los quinientos de la cuota mensual del ceñovisor, menos los mil del suplemento para ver la pelea. Hoy me quedo sin crédito. Ya mismo vendo una planchuela de mi piel".

Tina, en cambio, no tiene problemas de crédito. Ella vive de una herencia paterna que la beneficia con una cuenta con la que podrá afrontar, sin angustias, diez años de embates publicitarios.

Liú no tuvo la suerte de Tina, pero también fue beneficiado por un pariente: el tío abuelo Roch. De él heredó un negocio rápido, rentable, focalizado y, por qué no decirlo, amigable: vende planchuelas de su propia piel. La operación es fácil: el botón verde de Liú se enciende en el ceñovisor del Director de Compras de la Dermis & Co para anunciar la intención de venta y el botón añil del ejecutivo le confirma el pago anticipado. Ser sobrino nieto de Roch, para cualquier empleado de la Dermis, no es poco.

Del tío abuelo también heredó la pasión por el boxeo. Roch lo bombardeó con peleas del Siglo Veinte. El viejo decía: "esto es box y no la mariconada moderna de pelear con un taparrabos, descalzos, guantes de látex, sin público y en medio del mar. Parecen sirenitas, no boxeadores". Durante años, juntos, vieron un sinfín de combates. Pero había uno que, por lo menos, le ponía una vez por semana: "Tyson vs. Holyfield". Siempre que la veían, el tío abuelo pestañaba pausa en la grabación luego de que Tyson le hincaba el diente de oro en la oreja a Holyfield. Con la imagen congelada, le preguntaba "¿Viste bien?". Y Liú, siempre contestaba: "Sí, vi cómo Tyson le mordió la oreja y Holyfield apretaba el guante sobre la herida y daba saltos a causa del dolor". El tío abuelo, tras un suspiro, le respondía "No, no lo viste" y cambiaba a otra pelea.

Un día, los registros visuales de las peleas del viejo Roch comenzaron a fallar más seguido y al tío abuelo no le faltó lucidez para saber de qué se trataba aquello. El botón azul de Roch se encendió en la mente de Liú, lo llamó de urgencia. Liú llegó casi sin aire y lo encontró tendido adentro de un cilindro, desnudo y cubierto de tobillo a garganta por una mantita de papel. Liú se acercó titubeante y le tocó el hombro. Roch encaró al sobrino nieto y volvió a preguntarle si había visto la pelea de Tyson y Holyfield. Liú, descolocado, repitió, como un autómata, lo de siempre: "Sí, vi cómo lo mordió…". Roch no estaba para esperar porque el conteo decreciente del cilindro había empezado y despachó: "No, no lo viste porque era a mí a quien debías ver en el *ring side*, estirando el brazo derecho para capturar ese pedazo sanguinolento de la oreja de Holyfield que Tyson escupió; me llevé el trozo de esa oreja a casa, lo criogenicé. Ese mismo año entré en la carrera de genetistas. La Dermis & Co me tomó ni bien me gradué y por años experimenté en sus laboratorios con cuanto pedacito de piel tenía a mi alcance; fui pionero en la hibridación humana y hasta promoví en humanos la inclusión de tejidos animales (si supieras cuánto de cerdo hay en tu hígado, no andarías todo el santo día con la putada de las dietas). Y el negocio de la hibridación en humanos fue un éxito imparable. Un buen día pedí hacer el último proyecto antes del retiro, algo reservado, a cambio de llevarme al cilindro todos los secretos de la Dermis. La compañía aceptó mis condiciones y me trasladó a un laboratorio oculto en Horta de San Joan, una Masía abandonada de Tarragona, en España, llena de olivares a los que (por puro entretenimiento) les desarrollé aceitunas del tamaño y forma de puchin ball. Pero no fui para eso, lo que tenía que hacer lo hice, tenía que ver con mi historia y ese pedacito criogenizado de Holyfield que escupió Tyson. Cuando mi creación exhaló el primer berrido, lo metí dentro de una cajita feliz, y lo entregué a una familia de cosechadores de residuos químicos del Delta del Ebro. Al día siguiente, me monté al primer vuelo estratosférico Barcelona-Chicago, firmé mi renuncia y la Dermis me ofreció ser proveedor calificado de planchuelitas de piel. Y, el resto lo conocés, me dediqué a ver boxeo, a esperar por el mejor de todos los boxeadores. Pero, viendo como vienen las cosas, no llegaré a hacerlo, me está por sonar la campana, el fin de mi pelea. Liú, llevas mi piel, mis genes, heredarás mi negocio y con los beneficios te comprarás todos los suplementos de ceñovisor para ver peleas en directo. Mientras el tío abuelo volvía a meter la mano y brazo debajo del sudario de papel, le instaló al sobrino nieto la ruta de acceso al Director de Compras de la Dermis & Co. En la mente del Director brotó el botón verde de Liú y este, a su vez, recibió el botón añil del ejecutivo. El sobrino nieto quiso contarle la feliz aceptación al tío abuelo, pero fue tarde, el cilindro comenzó a dar el primer giro y, mientras el cuerpo del viejo Roch se licuaba, le llegó el mensaje del tío abuelo manado del botón azul "No es bueno que el hombre esté solo". El botón azul de Roch dejó de titilar y se opacó. Al giro doce, el almita del tío abuelo salió despedida del cilindro por fuerza centrífuga, voló por el espacio de la casa e hizo un poco de sombra contra una pared antes de traspasarla.

Varios meses después de la partida del anciano, Liú cumple con el legado del tío abuelo Roch y está a punto de ver en directo la pelea por la Unificación. Y no es una pelea de box cualquiera. En pocos minutos, el mundo entero asistirá a un hecho histórico: la primera contienda entre el campeón de los híbridos y el campeón de los puros.

Los boxeadores no aparecen. El ceñovisor muestra un ring vacío. La ansiedad de la espera se lo come crudo. Liú se pone a juguetear con una escara en el codo: calza la uña, levanta un vértice de la planchuela de piel y el tirón le duele. Carga la yema del dedo índice derecho con saliva, la unta sobre la piel a medio salir y presiona para pegar el trocito vendido a la Dermis & Co. Está en eso cuando la boquilla franquea sus labios y un chorro de pasta de pizza y cerveza le inunda la boca, cubre las amígdalas, ahoga la campanilla. Las burbujas se le pasan a la nariz y vuelven a ensopársele los ojos. Reaparece el cuadrado multicolor de la publicidad; otra compra y cinco menos de la cuenta de Liú. Con reflejos, se anticipa a la nueva inoculación de pasta de pizza y cerveza; tapa el orificio de la boquilla con la punta de la lengua y contiene la segunda dosis.

Al secársele las córneas, el ceñovisor manda imagen periférica de ring y entorno. El cuadrilátero está instalado sobre la plataforma marina de una antigua extractora de petróleo. La virazón sacude los banderines, las sogas del ring y hasta las torres de acero. Algunas olas encrespadas suman color al espectáculo y cada rompiente contra el perfil de la plataforma compone una pantalla de agua que, al ser acuchillada por los rayos del sol, crea un arco iris efímero.

Tina, a través del botón turquesa, le sugiere no preocuparse por el viento, ha leído en el abanico *clima y tendencias* que en ese punto del océano al sol tan solo lo cubre el manto de la noche y que existe una remotísima probabilidad de un tifón espontáneo.

Liú no le contesta. Está ocupado con la contención del nuevo chorro de la boquilla, los ramalazos de viento cargados de agua sobre el ring y, sobre todo, en contener la ansiedad por ver el combate en el que, por vez primera, uno como él, un híbrido, es aceptado por la Federación Global de

Boxeo (FGB) luego de años de negarse a admitir boxeadores genéticamente modificados. La FGB no pudo dilatar más la inclusión de El Híbrido a quien millones de pobladores del planeta lo veían boxear en los suplementos clandestinos de los ceñovisores. Otro factor que terminó por hacerles aceptar a un híbrido fue el resultado del último censo mundial: más de la mitad de la población del planeta es híbrida. Los fabricantes de productos comenzaron a pugnarse ese mercado con inversiones millonarias en publicidad. Y la Federación Global de Boxeo, más que nadie, sabe que una máxima de este mundo es adaptarse rápido a la realidad, sobre todo, si viene apareada con billetes.

Sin mucho preámbulo, tras tanto esperar, aparece en un rincón del cuadrilátero El Híbrido y el corazón de Liú le late hasta en la punta de la lengua y casi pierde el control de la boquilla. Tina le dice a través del botón turquesa "Ya vas a ver a El Puro". Liú no tiene palabras, está emocionado y no percibe que el botón azul opaco del difunto tío abuelo Roch, de manera extraordinaria, ha titilado.

El Híbrido es un gigante de fibras musculares entrelazadas sobre huesos, órganos y vísceras, y contenidas por una piel color café con leche con motitas de canela. Los ojos son dos granos de café torrado. El pecho de El Híbrido comienza a hinchase, se duplica en volumen. El ceñovisor ofrece saltos en la imagen y, abruptamente, pasa al otro rincón: aparece El Puro, un humano no genéticamente modificado. Los ojos de El Puro instalan su mirada arriba de la media del mundo, las pupilas son dos rubíes diminutos, de perfiles filosos, que solo ven registros miniaturizados de cuanto ser se le ponga delante. El cuerpo marmóreo y de músculos bien proporcionados y distribuidos a lo largo del cuerpo gigantón nada tiene que envidiarle al *David* de Miguel Ángel.

El ceñovisor cambia a toma desde el aire de ring completo. Suena la campana. El viento agita las cuerdas del cuadrilátero. El Puro, decidido a tomar la iniciativa, busca el control del centro del ring. Avanza dando golpes intimidatorios al aire y los zumbidos de las brazadas aturden dentro de las bóvedas craneales de Tina y Liú. El Híbrido no le saca el café torrado a los rubíes diminutos del oponente. El Puro avanza haciendo un uno-dos que El Híbrido contiene con la guardia alta y contraataca con un directo que astilla un pedacito de piel marmórea, arrebola el pómulo derecho de El Puro. El Híbrido recula y se desplaza hacia la derecha, dibuja con los pasos sobre la lona un baileteo que a Liú le parece haber visto antes. El pómulo de El Puro comienza a sangrar.

Tina aparece en el botón turquesa de Liú "Viste, lo hizo, era cierto lo de *hielo ardiente*. Igual no me preocupa, El Puro le va a ganar" y Liú, entre el trabajo de contención sobre la boquilla dentro de su boca, las ganas de no volver a escuchar al locutor y la sorpresa de encontrar algo conocido en los movimientos de El Híbrido, no le contesta.

El Puro sabe que la pelea viene complicada y las pupilas metamorfosean a dos gemas grises, del tamaño de un huevo. El Híbrido completa el círculo dando baileteos, no ha bajado la guardia y tiene presto un segundo lance del *puño-témpano*. Pero El Puro hace algo impensado, baja el brazo izquierdo y se lleva la mano derecha a la boca, se quita el protector, mira al retador y le despacha una sonrisa de oreja a oreja que descubre un diente de oro. El Híbrido detiene el baileteo. Lo mira fijo, sacude la cabeza, vuelve a instalarla en el centro, pero, al segundo, la ladea hacia la derecha, pega la oreja al hombro. Algo anda mal. El Híbrido se lleva el puño derecho a la oreja y comienza a dar saltos. Liú acusa por segunda vez una especie de *deja vú*, a esto lo ha visto antes y primero sospecha si no es un ataque pirata de la imagen del ceñovisor, pero Tina, por el botón turquesa, le confirma que la auto-consulta técnica valida el perfecto funcionamiento de sus aparatos.

El Puro agranda más y más la risa, los destellos del diente de oro parecen enceguecer al oponente, y se aprovecha de ellos, le conecta un gancho en la mandíbula izquierda y suma un golpe corto al hígado. El Híbrido, sin defensa, está con la mano derecha apoyada en la oreja, parece alienado. Inesperadamente, la noche se planta sobre el cuadrilátero y el viento arremolinado entra con violencia. El botón azul del difunto tío abuelo Roch palpita nuevamente, Liú se da cuenta, aprieta los párpados para cerciorarse de ello y el ceñovisor lo interpreta como orden de reingreso de la voz del locutor: "Un tifón espontáneo nos sorprende". Una ola azul, espumante y con motas negras, del alto de las torres de la vieja extractora petrolera, pasa enfurecida, ruedan los boxeadores. Cada uno va a parar a su rincón. El Campeón se apoya en las cuerdas para recuperar la vertical, pero los pies van para adelante y el suelo resbaladizo, más los sacudones del viento y el agua arremolinada lo hacen caer de traste al piso.

El temporal azota a la plataforma de la vieja extractora de petróleo, parece estar por irse todo al mismísimo demonio. Vuelven a repetirse las olas en baldazos gigantes de agua extrañamente oscura y los cuerpos de los boxeadores presentan manchones negros.

"El agua trae rastros de petróleo", dice el locutor, "Amigos, esta pelea será un recuerdo indeleble" y en la mente de Liú vuelve a latir el punto azul del difunto tío abuelo Roch. El Puro entrelaza los brazos en las cuerdas para mantener la vertical y no abandona la sonrisa, esa que desnuda al diente de oro. El Híbrido con el torso combado y el puño apretado en la oreja derecha enfoca con ojos de café molido a El Puro, quien lee en la mirada lastimera que ha llegado el momento para la estocada final. Una racha de viento favorece el impulso que ha tomado El Puro y sobre la lona legamosa se desliza a toda velocidad. El locutor grita desaforado: "El hielo ardiente se está por derretir en su propia lava, su pasado, ese diente de oro que despertó la memoria de una oreja herida, la que lo construyó. El Puro va a rematarlo con los puños encendidos de victoria pura y humana". La golpiza llega a la piel de El Híbrido, pero ningún impacto logra sacarle una gota de sangre. El Híbrido ya no responde, los ojos son café batido y quiebra las rodillas, va a parar a la lona. Liú siente una gota en su frente, el ceñovisor se desconecta, abre los ojos y se encuentra con una de las paredes de la casa. Tina le pregunta, a través del botón turquesa "pasa algo, te tengo como *desconectado*".

Liú se posiciona en el botón azul del tío abuelo Roch y le habla por su botón verde "viejo zorro, lograste hacerlo con ese pedacito de oreja, vos y tus planchuelas de piel y el gran árbol genético que nos parió" y vuelve a aparecérsele el mensaje, aquel de la despedida del viejo Roch: "no es bueno que el hombre esté solo". Liú abre los ojos al máximo, gira en redondo sobre el sillón de semihuevo, busca que tras la reaparición del mensaje de la despedida, aparezca también la sombra del tío abuelo. Detiene el giro del sillón. Se encuentra cara a cara con Tina. Ella, sobre el pedacito de piel entre las cejas, donde tiene implantado el ceñovisor, mana un chorrito de sangre que cae hasta la naciente de la nariz y allí se divide en dos, para pasar por los lacrimales y caer en dos corrientes de llanto sangrante por los mofletes, comisura de los labios y, finalmente, unirse en el mentón en un río púrpura. Liú se pasa la mano por el ceño, se mira el torso. Él también sangra.

Tina ha abierto los ojos y por el botón turquesa le dice "se apagó la imagen. Lo último que vi es que mi boxeador, El

Puro, se pasó de la raya, lo mató. El Híbrido estaba tirado en el piso, no sangraba y sentí su dolor acá" se posa el dedo en el punto sangrante del ceño. Liú busca el botón azul del tío abuelo, ahora no late, es azul opaco. Tina arremete contra Liú, "Tu botón verde no me responde, no quiero estar sola".

Liú no le contesta, se quita la boquilla de la boca, la revolea contra un rincón y el chorro contenido esparce por el espacio de la casa chorros de cerveza y pasta de pizza.

Liú se incorpora y despega toda la humanidad del sillón semihuevo. Efectúa dos pasos, se acerca a Tina, primero apoya su ceño sangrante contra el de ella, quedan un instante frente contra frente, sangre contra sangre. Las heridas se cauterizan. El botón azul del tío abuelo Roch se apaga para siempre. También los aparatos implantados en sus frentes.

Liú adelanta el mentón y pega los labios a los de ella. El resto del cuerpo de Liú va al encuentro del de Tina, y terminan sumergidos dentro del sillón semihuevo. Los manotazos se llevan de premio las ropas. Están desnudos.

Dentro de la casa de Liú, sin ceñovisor operativo, ni pelea, ha comenzado la Unificación.

Juan Guinot

Mercedes; 1969. Fue columnista de diario, guionista y locutor. Se Licenció en Administración, Psicología Social, Master en Dirección de Empresas y Clown. Trabajó en el Estado y en Arcor. Es profesor de posgrado de marketing y creatividad. Participa del taller del escritor Alberto Laiseca. En prensa co-dirigió un periódico y es colaborador en prensa radial y escrita. Escribió cinco novelas y una *nouvelle*, relatos y poesía. Recibió distinciones literarias en Argentina, España y Cuba. En esos países publicaron sus cuentos en libros y revistas. Escribe para la revista *miNatura* (España-Cuba) y para Radio América AM 1190 (Buenos Aires). Participa de ciclos literarios porteños y madrileños. Escribe poesía, narrativa realista y de ciencia ficción. Su novela 2022 *La Guerra del Gallo* es su primera novela publicada por Talentura editorial (Madrid, España) con la que es finalista del Premio Celsius en la Semana Negra de Gijón. Administra el blog: juanguinot.blogspot.com

Por un kebab

Carlos Salem

A Leo Oyola

Leí en un libro de relatos que todas las ciudades se dividen en cintura para arriba y cintura para abajo. Si eso es cierto, el gimnasio donde conocí a Musti y a Marrón, hace ya tantos años, estaba en la ingle izquierda de Madrid, bien abajo, cerca del calor. Era un local enorme y desvencijado, donde el Ruso preparaba boxeadores con futuro y de los otros.

Yo iba por allí porque hacía como que entrenaba al Cabezón Méndez.

El Cabezón era de los otros.

Un niño bien con manos como melones y ninguna habilidad práctica, si no contabas su predisposición a liarse a golpes cuando alguien le dijera algo que él no entendiera. Y no entendía casi nunca. El viejo del cabezón tenía algo de pasta y decidió que tal vez se pudiera aprovechar toda esa furia para que su hijo tuviera una carrera. Además, unos cuántos golpes en la cabeza no le harían ningún daño. Y aún no comprendo por qué, creyó que yo podría entrenarlo. El padre del Cabezón decía que yo era una mala influencia para su retoño, pero pagaba bien.

El Ruso vio cruzar guantes a mi pupilo con uno de sus chicos, sacudió la cabeza y me llevó aparte:

—No sirve. Y lo sabes. ¿Te pagan bien?

—Lo suficiente. ¿Quieres una parte?

—No. Sólo la cuota para usar las instalaciones.

Días después llegó Musti por el gimnasio. Parecía tener diecisiete años o poco más, porque siempre estaba sonriendo. Luego supe que eran casi diez más. Quería entrenar y no tenía dinero. El Ruso, que en realidad era polaco pero llevaba décadas cansado de corregir a los demás, lo enfrentó con uno de sus mejores pupilos.

Nos quedamos con la boca abierta. El moro tenía técnica y tenía instinto. Boxeaba con una elegancia natural que no le hacía perder efectividad: pegaba como una mula y luego se disculpaba con el contrincante, parecía decir *es sólo un juego, hermano, no tengo nada en tu contra.* Y volvía a pegar. Y el otro caía. Así ocurrió la primera vez y las siguientes.

El Ruso le dio una taquilla y, como no podía pagar porque no tenía trabajo, le soltó unos billetes para que limpiara el lugar por las noches, después de cerrar.

Musti me cayó bien. Fuimos al bar de enfrente y no dejó que lo invitara a unas cervezas: bebió zumo. Me contó que había alcanzado cierta fama como amateur en Rabat, y narró unas cuantas peleas. No mentía, pero calculé que para acumular esa trayectoria tenía que tener más años de los que confesaba.

A Carlos Marrón le molestó la atención que los demás prestaban a Musti.

Marrón era un chaval fuerte y violento, que siempre vestía ropas caras. Trabajaba como recadero de lujo para alguno de los que mandaban en la ingle izquierda de Madrid. No iba al gimnasio del Ruso detrás del sueño de convertirse en boxeador profesional. Marrón quería respeto. Cuando cruzaba guantes con alguno buscaba demolerlo y siempre lo conseguía. Salvo cuando el Ruso lo hizo pelear con Musti. No duró ni siquiera un round completo.

El moro lo hizo besar la lona y luego le pidió disculpas.

Yo seguía yendo por el gimnasio aunque la carrera del Cabezón no pasó de la primera pelea. Fumaba, veía entrenarse a Musti y cuando acababa de limpiar lo invitaba a un kebab y un zumo de naranja. Una noche me contó que el Ruso lo iba a federar, para que pudiera boxear profesionalmente. Estaba triste:

—No tengo papeles, Poe. Sin papeles, no hay nada que hacer.

Hablé con El Gato. El madero dijo que si el Ruso le hacía un contrato de trabajo, él movería influencias para regularizar la situación de Musti. La noticia se difundió en el gimnasio. El moro se hacía querer, con sus modales educados y su derecha de hierro. Todos celebraron. Todos salvo Marrón.

Ese fin de semana el ruso tuvo el accidente. Cuando fui a verlo al hospital le dije que tenía demasiados huesos rotos para una simple caída en las duchas.

Él no dijo nada.

Semanas más tarde supimos que había vendido el gimnasio. Y que lo había comprado el jefe de Marrón. Cerraron por reformas durante un mes y cuando faltaba poco para la inauguración, fui a verlo. Yo no le caía bien pero sabía de mi amistad con El Gato y me recibió. Habían comprado también el local de al lado y convertido la vieja oficina del Ruso en un picadero de lujo.

–¿Qué puedo hacer por ti, poeta? –preguntó alcanzándome un puro.

Le hablé del trato del Ruso con Musti y le dije que si quería dar prestigio al gimnasio, debía mantenerlo. En pocos meses el moro podría ser una figura y eso suponía mucho dinero.

–No es una decisión fácil, poeta. Todo el mundo sabe que el moro me tumbó, y si ahora lo convierto en mi pupilo, quedaré como un calzonazos… Aunque, por otra parte, eso demostraría que tengo tanto poder que puedo permitirme ese lujo. Difícil elección.

Del bolsillo de la chaqueta sacó una caja de cerillas de madera, con el logotipo de algún cabaret de lujo:

–Te contaré un secreto, porque tú eres un tío culto y me comprenderás. Mi abuelo me enseñó que cuando tuviera que tomar una decisión importante, lo consultara con las cerillas. Si la cantidad es par, es un sí. Y si es impar, un no.

Volcó unas cuantas sobre el escritorio de diseño y las contó:

–Dieciocho, Marrón. Musti se queda y boxea para ti.

Tomó una, la raspó contra la caja para encender su puro, y la tiró al suelo:

–Cuenta bien, poeta. Son diecisiete. Es un no. Pero no te preocupes, que algo haré por tu amigo el moro.

Ese "algo" fue convertirlo en su guardaespaldas. Musti vestía mejor y tenía algún dinero, pero cuando nos cruzábamos por los bares, trataba de evitarme.

–¿Qué otra cosa podía hacer, hermano? –me dijo una noche en que coincidimos en una barra frente a sendas cervezas. Musti, ahora, bebía–, tengo mujer y dos hijos, ¿sabes?

Dejé de frecuentar el gimnasio y los bares de la ingle izquierda de Madrid y me pasé a la otra ingle. Se parecen bastante. Un par de años más tarde me encontré con Musti en Lavapiés. Estaba descargando cajas de un camión, que metía en el almacén de un gran supermercado. Me dijo que estaba por terminar y lo esperé. Fuimos a un bar pero él pidió zumo:

—Sigo entrenando, ¿sabes? De madrugada descargo en el mercado central, por las mañanas hago esto y por la tarde en una empresa de mudanzas. Así me mantengo fuerte, para cuando tenga papeles y pueda boxear.

—¿Qué pasó con Marrón?

—Al principio lo acompañaba, sólo eso. Alguna vez lo atacaron y lo defendí, era mi jefe. Y me había prometido papeles, Poe. Pero luego me hizo apalear a gente que le debía dinero, romper brazos, cosas así… Y no hay honor en eso, hermano. No hay honor. Me fui.

Cuando nos despedimos le pregunté por su familia y se entristeció.

No volvimos a vernos durante más de seis años. Ya se le notaba la edad, aunque seguía pareciendo fuerte. En realidad, él me buscó por los bares hasta que dio conmigo:

—¡El señor Marrón me dará una oportunidad, Poe! Si peleo el sábado, me dará papeles y una buena cantidad de dinero.

Quería que yo fuera su segundo. Le dije que sí.

Busqué a Marrón. Había prosperado y ya era su propio jefe, con mando sobre toda la ingle izquierda de la ciudad y planes para conquistar la derecha. Es lo que tienen las ingles: cuando pruebas una, quieres la dos.

El viejo gimnasio había sido reconvertido en discoteca de moda. Era temprano pero cuando pregunté por él hizo que me dejaran pasar. Había engordado y parecía lustroso. El picadero seguía siendo el mismo, pero más lujoso. Cuando le conté lo que quería Musti, se echó a reír:

—¡El moro gilipollas se cree que peleará por el título! Vamos a ver, poeta: es una pelea clandestina, sin reglas, de las que dejan mucha, pero mucha pasta. Y no te gastes en decirle nada a tu amigo el policía, porque sus jefes se llevan un porcentaje de la recaudación y no podrá hacer nada.

—Sigues vengándote de Musti porque te noqueó, ¿verdad Marrón?

Su cara se encendió pero mantuvo la calma.

—Señor Brown, por favor. Me he cambiado el nombre legalmente y ahora me llamo Charlie Brown. Y debería hacer que te maten, poeta. Pero no me conviene hacer ruido, con la pelea cerca. A ver qué dicen las cerillas…

Sacó una caja parecida a la de años antes, volcó las cerillas y contó.

Eran ocho. Un sí.

—¡Al diablo con la cerillas! —dijo —. Ya no las necesito. Si quieres ver luchar a tu amigo, te doy la dirección y dejaré tu nombre en la puerta. Es en polígono industrial, cerca de Getafe.

Cuando me marchaba me detuvo con un silbido. Me volví a tiempo para atrapar en el aire la caja de cerillas que me arrojaba:

—Tal vez a ti te haga más falta que a mí —dijo.

No fue una pelea sino una carnicería. El rival de Musti, un rumano de veintiochos años y de más de dos metros de estatura, parecía drogado y aunque el moro le aplicó sus mejores golpes, no caía. Empezó a cansarse mientras la multitud bien vestida gritaba al otro que acabara con él. Hubo una pausa y Musti la aprovechó para recobrar el aliento y beber agua.

—¿Por qué no abandonas? —le dije.

—No puedo, hermano. No puedo. ¿Sabes cuánto me pagarán, si gano? Lo suficiente como para recuperar a mi familia y volver a empezar.

Salió otra vez al centro de la arena y creí que ganaría. Por cada golpe ilegal del rumano, Musti devolvía impecables cross o directos que iban minando la confianza del gigante. Pero el otro era más joven. Y no tenía ninguna regla que respetar. Lo alcanzó con un golpe bajo y comenzó a demolerlo a zarpazos. Musti se tambaleó y estuvo a punto de caer. El otro siguió golpeando y golpeando, pero el moro no caía. Arrojé la toalla al ring pero nadie detuvo la pelea. No había árbitro ni leyes, sólo Marrón, sonriendo desde un palco improvisado como un César cobrizo y resentido. El rumano pegaba y Musti devolvía, un golpe del moro por cuatro del gigante. Pero los de Musti eran precisos, acumulativos, como si siguiera un camino trazado en un mapa de los puntos a debilitar en su oponente. Durante la siguiente pausa Musti no habló. Resoplaba. Salió trastabillando, como un borracho que ya no quiere beber más, pero siguió recibiendo golpes y aplicando los suyos.

Entonces ocurrió.

El rumano bajó los brazos y el moro le colocó un gancho preciso en el mentón, con toda la fuerza que le quedaba.

El rumano cayó.

Y un segundo después cayó Musti. No volvió a levantarse.

La reunión se dispersó y me vi en un coche de los hombres de Marrón, con Musti inconsciente a mi lado, vestido de cualquier manera. Nos dejaron en el hospital y me dieron un fajo de billetes. Me dijeron que si mantenía la boca cerrada habría más para mí, que pasara a la noche siguiente por la discoteca. Y que si me iba de la lengua, lo lamentaría.

En Urgencias dije que era su primo y que lo había hallado así en la puerta de mi casa. Lo metieron en una sala y me quedé con su chaqueta en la mano. Cuando la revisé no había documentación, pero sí una pequeña libreta con nombres y números de teléfono. Busqué el rastro de su familia.

Musti murió al amanecer. Cuando El gato me preguntó qué había pasado mantuve mi historia y él fingió creerme.

A la noche siguiente me presenté en la discoteca acompañado por una morena de pestañas largas y falda muy corta. Después de beber una copa, pregunté por el señor Charlie Brown. No me hizo pasar al despacho –picadero, salió a buscarme a la barra, estudiando mi cara. Le conté que Musti había muerto y que la policía creía que le habían pegado esa paliza para atracarlo. Marrón escuchaba atento, pero sus ojos caminaban por las piernas de la morena.

–Bien hecho, poeta –dijo alcanzándome con ostentación un fajo de billetes más grueso que el anterior–. En mi organización hay sitio para un tío inteligente, como tú. ¿Qué dices?

–No sé. Debería consultarlo con las cerillas… Oye, Brown, hay algo de lo que quería hablarte. Musti ganó la pelea, porque el otro cayó antes, ¿no es cierto? Lo digo por la familia, para que les des a ellos la bolsa del moro…

–¿Ya empiezas a tocarme los cojones, poeta? Estas luchas son a muerte, y el rumano sigue vivo. Jodido, porque menuda paliza le pegó el moro, pero vivo. ¿Comprendes? Y si no comprendes, me da igual. Disfruta de la noche y de esta compañía tan buena que te has traído…, salvo que se aburra contigo.

Miré a la morena:

–Me voy de aquí ¿Vienes conmigo?

–Me quedo –contestó con fastidio y cruzando más las piernas.

Marrón se levantó el puño derecho con la mano izquierda, proclamándose campeón, y cuando salí ya cuchicheaba cosas al oído de la morena.

Yo hice unas compras antes de que cerraran las tiendas de chinos y me fui a casa. Al amanecer estaba otra vez en la puerta de la discoteca. Esperé.

A las siete se abrió la puerta y se asomó la muchacha morena. Me indicó por gestos que Marrón dormía su fatiga de sexo, alcohol y drogas. Le di los dos fajos de billetes y ella miró la bolsa de plástico que colgaba de mi mano. Comprendí lo que estaba pensando y negué con la cabeza. Cuando se marchó caminé por la discoteca vacía hasta la puerta del picadero de Marrón. Comprobé que mi memoria no me había fallado: abría hacia fuera. Escuché sus ronquidos. Dormía seguro en su búnker, nadie se atrevería con Charlie Brown. Cerré la puerta con llave por fuera y durante un rato apilé contra ella pesados sillones. Abrí mi bolsa de plástico y saqué el contenido: doce latas de fluido para encendedores. Trepé sobre la montaña de sillones y las fui vaciando contra la puerta. Saqué la caja de cerillas que me regaló Marrón.

No las conté.

Encendí todas, y las fui arrojando contra la puerta y cuando el fuego comenzó caminé hacia la salida.

A la vuelta de la esquina, donde estaba mi coche, me esperaba Fátima.

—Te dije que te fueras a casa.

—Gracias, Poe. Cuando era una cría y vivía con nosotros, padre siempre hablaba bien de ti. No se equivocaba.

Luego paró un taxi y se marchó.

Cuando me alejaba del lugar empezaron a escucharse las sirenas de los bomberos y me dije que Marrón habría hecho bien en respetar el veredicto de las cerillas, cuando le aconsejaron eliminarme.

Si tienes una superstición, debes respetarla, me dije.

Quise encender un cigarrillo, pero me di cuenta de que no tenía con qué.

Carlos Salem

Buenos Aires; 1959. Reside en España desde 1988. Publicó las novelas *Camino de ida* (2007, Premio Silverio Cañada de la Semana Negra de Gijón), *Matar y guardar la ropa* (2008, Premio Novelpol), *Pero sigo siendo el rey* (2009, finalista Premio Dashiell Hammett), *Cracovia sin ti* (2010, Premio Seseña de Novela) y *Un Jamon Calibre 45* (2011); los libros de relatos *Yo también puedo escribir una jodida historia de amor* (2008) y *Yo lloré con Terminator 2* (Relatos de Cerveza-Ficción); además de los poemarios *Si dios me pide un bloody mary* (2008), *Orgía de andar por casa* (2009) y *Memorias circulares del hombre-peonza* (2010), y la obra teatral *El torturador arrepentido* (2011). Varias de sus novelas fueron traducidas al francés, el alemán y el italiano. Coordina la colección Negra, Urbana y Canalla (NUC), y organiza semanalmente las *jam session* de poesía Se buscan Poet@s y de minificción El tamaño sí que importa. Es profesor del Centro de Formación de Novelistas de Madrid y dicta talleres de narrativa en España y Suiza, además de realizar asesoría de novela por video conferencia con diferentes países.

Mirta tiró la toalla

Nicolás Correa

La realidad trabaja en abierto misterio.
Macedonio Fernández, Al hijo de un amigo.

El sol le quemaba la cara. Se agachó y tomó la ropa del balde. Sintió una puntada en la panza, aún le dolían los golpes. El peso de las prendas casi le dobló los brazos. Se puso la ropa al hombro y el agua refrescó su lomo ajado por el calor. Extendió los brazos al cielo y colgó una remera. Siguió con un calzoncillo, una bombacha, un par de medias, unas sábanas agujereadas y el short blanco con dos franjas negras a los costados. Estaba manchado de sangre.

Terminó de colgar la ropa y tiró el agua del balde. Miró los moretones en sus brazos pero rápido quitó la vista. Entró en la casilla y encendió la radio. Abrió un cajón, sacó un paquete de cigarros del que extrajo uno y lo prendió. Eran los cigarros que había encontrado en el pantalón de Miguel, una noche atrás. Chupó el cigarrillo profundamente y el humo le quemó al tragarlo. Miró la humedad del suelo, que era lo único que nacía desde el interior de la tierra, comiéndose la casilla. Afuera, los montículos de cartón y las botellas de plástico. Se levantó con el cigarro colgándole de los labios y fue hasta el calentador. Lo encendió. Tomó una botella de agua y puso el líquido en la pava, que colocó en el fuego.

El calor recalentaba las chapas y a veces, llegaba a doblarlas. Tocó el relieve de su párpado, todavía estaba hinchado. Las gotas de transpiración le bajaban por la frente y las axilas. Se llevó las manos entre las piernas y notó que su bombacha estaba humedecida. No tenía otra salvo la que había colgado. Muchas veces se ponía los calzoncillos de Miguel o andaba sin nada. En la radio anunciaron que la temperatura ascendía, esperaban a que marcara un nuevo record en las estadísticas. Escupió el humo del cigarro por la nariz y lo apoyó en el borde de la mesa de luz. Se miró las manos secas y cuarteadas por la tierra. La pava comenzó a silbar pero no se apresuró para quitarla. Apagó el calentador, agarró un mate y le puso yerba de una bolsita gris que estaba en una lata abollada de pan dulce.

La bombilla le quemó la herida del labio inferior cuando la apoyó, desprevenida. Se sentó en la cama, tomó el cigarro, lo chupó profundamente y lo apagó en el suelo. Se recostó y la frazada le produjo una sensación de ahogo. Tocó su panza con ambas manos y cerró los ojos. Por un momento sintió que el calor pegajoso de las chapas asaba su estómago, las entrañas, los muslos húmedos, los párpados. Levantó la mirada y se cuadró ante ella uno de los dos tirantes que sostenía desde abajo las chapas. La transpiración le bajaba por la frente. Se puso de pie, sacó un chuchillo del cajón donde estaban los cigarros y caminó fuera.

El sol le partió la cabeza desde la nuca, como un clavo de acero, como los golpes que noche a noche soportaba Mick, porque ese era Mick. Ella había visto cómo lo perseguían por la lona, eran perros de caza, como él en la noche lo era con ella. Al tomar la soga sintió el calor en las cuerdas. Cortó un extremo que cayó en la tierra, y después el otro. Le apenó ver el short en la mugre pero le restó importancia. Entró con la soga rameando y se paró sobre el banco de madera que había encontrado en la puerta de un restaurante. Pasó la soga por uno de los tirantes y le hizo un nudo. La amarró en su cuello, dándole tres vueltas, y revisó el nudo tirando de él hacia abajo.

Cerró los ojos y vio a Mick hincando las rodillas en el ring, su cara ensangrentada, el pecho inflado, los músculos de sus brazos hinchados como abrazaderas de metal. Abrió los ojos, miró hacia abajo y la transpiración bajó desde la frente hasta su labio partido. Le ardió la carne. Pateó el banco. La soga apretó su cuello y se clavó en la garganta como una tenaza. Recordó los dedos gruesos de Miguel en una imagen fugaz. Sus piernas sacudieron de un golpe la mesa de luz y el calentador. Extendió las manos hacia arriba, intentando agarrar la cuerda, pero fue en vano. Revoleaba las piernas en todas las direcciones hasta que la soga se cortó, y cayó sobre el banco de madera, que se clavó en su cintura. Se arqueó como si estuviera poseída, soltó un gemido y escupió un vómito de sangre que manchó su pollera. Se desplomó sobre su costado derecho, de cara a la puerta de la casilla. Respiraba con dificultad emitiendo un gemido discontinuo.

La transpiración que bajaba por la frente se mezcló a la saliva rojiza que le había quedado en los labios. Llevó las manos a la panza y se apretó, sintiendo el calor que se adhería a su piel como una capa de fuego. Extendió su mano derecha y palpó su entre pierna. Miró sus dedos y vio que estaban ensangrentados. La respiración se le trabó en el pecho. Afuera, el calor parecía apretar la tierra hasta sus vísceras.

Se paró en la mitad de la subida, apoyó sus manos en las rodillas y bajó la cabeza. El sol de la tarde se iba escondiendo en el horizonte. Apretó los dientes y aspiró el vaho de perfume rancio que despedía su cuerpo. Se enderezó y dio un par de pasos. El ascenso se figuraba imposible. Casi llegando al fin creyó que no resistiría, siempre creía lo mismo. Se detuvo otra vez y tomó aire. Volvió a la marcha y le pareció que los gemelos se estaban por acalambrar. No obstante, continuó avanzando. Cuando llegó al final de la pendiente, se quedó estático. El sol ya no estaba para quemarle los ojos. Desde allí podía ver todo el barrio. Miró hacia abajo y siguió con la vista el fondo de la calle. Pasó la lengua por el labio superior quitándose la transpiración y giró hacia atrás para ver lo que había ascendido. Respiró profundo y el vaho alcohólico se le pegó en la nariz.

El cuerpo renegrido por el sol, brillaba por una capa de transpiración que lo cubría. Descendió con paso lento como si no supiera dónde poner los pies, como si hiciera ese camino por primera vez. Al llegar pondría las manos en agua tibia y se recostaría, debía descansar un poco para la noche. Vio las pilas de cartones y botellas de plástico delante de él y entendió que su mujer no había vendido nada. Se detuvo en la entrada a la casilla y empujó de un manotazo el portón de madera, las manos le ardían. Se quitó las zapatillas y las puso arriba de un tambor de lata. La tierra aún estaba caliente. Observó la ropa tirada y caminó con lentitud hacia ella. Levantó el short que tendría que usar en la noche y lo sostuvo en su mano derecha. Las manchas de sangre no habían salido del todo. Por un momento vio al carnicero de una noche atrás, metiéndolo en el córner, apoyándole la cabeza en el hombro y golpeando con el gancho en los riñones, donde más le dolía. Giró sobre sí mismo y encaró hacia la casilla cuando la encontró tirada en el suelo.

Su mujer estaba acurrucada con las dos manos en la panza, parecía dormida. Tenía una soga enroscada al cuello y una mancha de sangre en la boca. La levantó por las axilas y ella gimió, se arqueó hacia atrás, como si estuviera partida al medio, y se desvaneció en sus brazos. El cuerpo estaba húmedo. La recostó en la cama, le quitó la soga y encendió la lámpara. Mirta no podía hablar, expresaba en su rostro un dolor visceral. Volvió a tomarse la panza y se dobló en dos, como si tiraran de sus tripas. Miguel miró hacia el techo y descubrió otro pedazo de soga que colgaba del tirante.

La mujer se retorció en la cama, gimiendo y dando arcadas al vacío. Miguel se tomó la cabeza, bajó la vista y vio que en el piso había un rastro de sangre que se extendía sobre la silla, la pollera y los muslos de su mujer. Necesitaba un médico.

Miguel buscó en sus bolsillos pero no había nada, todo lo había gastado, siempre lo hacía. Revisó su billetera pero sólo encontró un papel con un nombre de mujer que había olvidado. Salió de la casilla y corrió en dirección a la calle, no había un alma. Vio la bicicleta y enseguida desenganchó el carro lleno de cartones y emprendió la subida por la pendiente.

Los músculos de todo el cuerpo le vibraban, la pesadez del calor lo sofocaba y le apretaba el cuello. La transpiración le bajaba por el pecho. Apretó el manubrio y sus manos le ardieron. Estaban hinchadas. Se mordió el labio inferior sin darse cuenta de que lastimaba su herida. Dobló a la derecha por una calle de tierra y dos perros le salieron al paso tirándole sus dentelladas a los pies. Revoleó unas patadas al aire y los animales se alejaron sin dejar de ladrar. Le dolían las piernas, y aún así, se paró en la bicicleta y tomó impulso. El manubrio temblaba en sus manos. Se volvió a morder el labio inferior, que algunas mujeres besaban igual, aunque estuviera machucado.

Descendió una loma y lo sorprendió una zanja donde la bicicleta se enterró. Miguel bajó y se hundió en el barro, que le llegaba hasta las rodillas. Levantó la bicicleta pero resbaló, cayó a la zanja y la bicicleta sobre sus piernas. La agarró del manubrio y la arrastró fuera de la zanja. Una mujer con un niño en brazos, lo miraba desde la puerta de una casilla. Estaba sentada dándole de mamar al chico. Había un perro a sus pies. Él la miró, fue un instante en que muchas cosas se condensaron en su cabeza. A veces, era mejor no preguntarse nada. Volvió a subir a la bicicleta y siguió su camino sin volver la vista atrás.

Pasó algunos chaperíos que se amontonaban cerca del arroyo, detrás de una fábrica de químicos, y avanzó por una calle de tierra que se extendía en el horizonte. La luz de los reflectores de la fábrica iluminaba el camino. Se paró en el centro de la bicicleta y empujó con fuerza, los pedales metálicos se clavaron en las zapatillas. Dobló a la derecha y los muslos y los gemelos volvieron a traicionarlo al mismo tiempo. Un calambre que tomaba ambas piernas le hizo perder el control y chocar contra un alambrado. Se tiró en la calle de tierra y se revolcó del dolor que retorcía sus músculos. Calmado el calambre, subió a la bicicleta y cuando quiso pedalear vio que se había salido la cadena. Bajó y tomó el pedazo de hierro entre sus manos. Los eslabones estaban calientes y le quemaban la carne de sus dedos inflamados. Trató de encastrarla pero la falta de luz le impedía ver dónde estaban los platos. La transpiración que corría por sus manos hacía que la cadena resbalara. Apretó el pedazo de hierro, las manos le temblaban. Ubicó la cadena en el plato mayor, la estiró y logró calzarla en el plato del piñón. Hizo girar el pedal y consiguió que se moviera la rueda trasera.

En la avenida estuvo obligado a frenar. La imagen de su mujer desangrándose le anudó la garganta. Cruzó la avenida y otra vez la soledad de la noche. Tomó una curva donde casi chocó con un poste, que esquivó ayudado por sus reflejos. Su mujer no toleraba que lo golpearan encarnizadamente como si fuera un animal. A veces, llegaba sin fuerzas, los músculos flojos y los ojos hinchados y las cejas o los pómulos cortados. Miguel le contaba que sus rivales cada vez eran más duros y él estaba gastado, que le dolía la cabeza de tantas piñas que soportaba. Se sentaba en la cama, la mujer acercaba una mesita de madera, ponía una olla con agua tibia y él ponía las manos dentro. Otras veces, cuando las palizas que recibía eran más feroces, se acostaba en la cama y ella le pasaba un trapo caliente por el cuerpo. Ese que llegaba roto, con el fracaso marcado en la piel y los puños quebrados, o el que llegaba caminando, borracho, con perfume rancio, ese era Miguel. Mick era el que subía al ring con el short blanco de franjas negras a los costados y ganaba, casi siempre ganaba.

Se chocó con otra avenida pero esta vez no frenó, los que lo vieron pasar se detuvieron y algunos lo putearon. Encaró hasta el fondo de la calle, dobló a la derecha y le preguntó a un diariero dónde estaba el hospital. Después de las indicaciones apresuró la marcha, necesitaba un médico. A unas cuadras vio el color blanco de las paredes del hospital brillando en la noche.

Tiró la bicicleta en la entrada y empujó la puerta. Una enfermera lo interceptó y lo miró de arriba abajo. Miguel le dijo que su mujer estaba mal y debían ir a verla. La enfermera lo llevó a la guardia donde una vieja, detrás de una ventanilla, le dijo que los médicos estaban ocupados y no había ambulancias para ir a buscarla. Miguel golpeó la ventanilla que los separaba y la vieja pegó un grito, lo que provocó que un policía se acercara y le recomendara que se calmara o iba a tener problemas. Él le suplicó al uniformado que llamara a un médico, su mujer estaba muriendo y no podían dejarla tirada como a un perro. La enfermera vieja, desde su lugar, le aconsejó que tomara un número, se sentara y esperara, como el resto de la gente, iba a ver qué podía hacer.

Los músculos del brazo se trababan y temblaban como el rulemán de empuje de una máquina. Las gotas de transpiración le caían por la frente, el calor le quemaba el cuerpo y lo ahogaba. Se levantó y empezó a gritar que necesitaba un médico. El guardia lo tomó por la espalda pero Mick se desplazó a un costado, giró sobre sí mismo y le conectó un cross izquierdo, a la altura del mentón, que volteó al tipo. Unos camilleros se tiraron sobre él, que lloraba y pedía por alguien que lo ayudara. Otro policía llegó para ponerle las esposas en las manos gruesas y lastimadas, mientras le gritaba que se calmara, que ya iban a atenderlo.

El bonaerense se sentó a su lado. Unas enfermeras pasaron apuradas por el pasillo, acompañando una camilla con una mujer embarazada. Un médico salió por la puerta de la guardia y llamó al número seiscientos sesenta y seis. Miguel se arrojó a los pies del hombre y le gritó que lo necesitaba, su mujer estaba muriendo. El policía le pegó con el bastón en la cabeza y lo arrastró hasta el banco. Miguel miró sus manos esposadas y el reloj que marcaba las once menos cinco. Todo le pareció imposible: su mujer, el médico, el ring. Era como tratar de detener la lluvia con las manos.

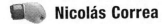 **Nicolás Correa**

Morón; 1983. Está finalizando la licenciatura en Letras en la Universidad de Buenos Aires. Tiene editados los libros de cuentos *Made in China* (El Escriba, 2007) *Engranajes de sangre* (Milena Caserola, 2008) y *Prisiones terrestres* (Universidad de La Plata, 2011). Participó de diferentes revistas literarias como: *Oliverio, Los asesinos tímidos, Lilith, No-Retornable, La peste, Autores de Argentina, Cafetín, Como Loca Mala, Lenguaraz* (México), *Culturamas* (España) y fue director de la revista literaria y de interés cultural *Gatillo* y coordinador del Grupo Interdisciplinario Cruce. Es parte del grupo literario Fiestorros y editor del sello Alto Pogo. Realiza correcciones teatrales y administra el blog engranajesdesangre.blogspot.com. Se desempeña como productor de la muestra Cosmópolis. Borges y Buenos Aires. Participa de la cátedra de Literatura Latinoamericana I (Tieffmberg) en la Universidad de Buenos Aires. Filosofía y Letras. En agosto del 2012 saldrá por la editorial La talita dorada, su primer libro de poesías: *Virgencita de los muertos.*

Recortes

Juan Marcos Almada

a la memoria de Nicéforo "Vasco" Pérez
a Christian "El elegido" Nieto

Yo fui novia de Goyo Peralta cuando todavía no era Goyo Peralta; es decir, ya era Goyo Peralta, pero todavía no era el Goyo Peralta que después conocieron todos.

Se murió a los sesenta y seis años en Rosario, de una miocardiopatía. Me dio mucha pena, pobre. Lo leí en el diario en el que estaban envueltos los huevos. Mirá que venir a enterarme así de su muerte, en un diario viejo. La vida tiene esas cosas.

Era del treinta y cinco, un año menor que yo. Hoy tendría setenta y cinco años.

Once hermanos eran; Goyo el mayor. Cuatro de ellos también fueron boxeadores. Carlos, Mino, Abel y Abenamar, que llegó a ser campeón argentino de los medio pesados. Una vez en esas veladas que hacía Lectoure en el

Luna Park, compartieron cartel: "La noche de los Peralta", le habían puesto.

Una vuelta, cuando eras chiquito, me dijiste "qué fiero que es ese hombre, mamá". Era Abenamar Peralta, ya de viejo. ¿Sabés quién fue Abenamar?, el papá de María María, la chica del quiosquito de la Roca, frente a zoonosis. Nada que ver con Goyo, que era muy pintón. Estaban todas enloquecidas por él. Se dice que hasta anduvo con Ámbar Lafox, cuando ella estaba en el candil. Que en realidad se llamaba Amanda Lanusse, Ámbar Lafox era su nombre artístico. ¿Sabés quién era Ambar Lafox?, la mamá de Reina Reach.

Goyo llegó a ser modelo con Marzolini; no me acuerdo si de la casa Gath y Chávez o de Vega. Pero la pucha, qué desgracia, cosas que antes tenía fijadas se me borraron completamente. Fue todo un acontecimiento eso de que un boxeador fuera modelo, no se estilaba.

Goyo lo único que quería era traerse a la madre para Azul, y con mucho sacrificio se los trajo a todos nomás. En Azul hizo carrera, pero la fama le vino después, cuando se fue a Buenos Aires, y después, claro, a Europa. Más bien que ya había arrancado a boxear en San Juan. Pero en Azul empezó a entrenar fuerte; primero en el gimnasio de Nazario Peralta, que quedaba en la calle Libertad. No eran parientes. Y después en el Barracas de Belgrano. Lo entrenaba el finado Ricardo Maringola. ¿Te acordás de Don Ricardo, casado con Tita?, que vivían al lado de casa, en la Roca. Ahora, en donde estaba el gimnasio del Barracas, hay un laboratorio en el que se hacen tomografías y todas esas cosas.

Goyo nació en Trinidad, San Juan, pero lo trasladaron como cocinero a la Base Naval Azopardo. Él vino a casa por primera vez porque era conocido del Vasco, que también entrenaba en el Barracas de Belgrano con don Ricardo. Yo ya lo tenía visto. En Azul nos conocíamos todos, más si uno era de afuera. En aquel entonces se estilaba dar la vuelta al perro. Todos los sábados sin falta íbamos con tus tías y con mamá al centro. Las mujeres caminaban para un lado y los hombres para el otro, así se cruzaban. Yo por ese entonces era una mocosita. Los marineros solían comer en la fonda de Arrazola y Baldini, dos cuñados, uno de ellos, Arrazola, el padre de tu tía Cheché. En esa fonda me lo encontraba siempre a Goyo. Quedaba ahí en la San Martín casi Canevá. Ahora está el hotel Vitoria, sin c. San Martín novecientos y pico, si mal no recuerdo, frente al restorán Torino, donde ahora está el geriátrico de tu padrino.

Por ese entonces el Vasco ya noviaba con Cheché. En esa misma fonda lo vi por primera vez a tu padre, que estaba en la marina, también de cocinero, en Mar del Plata, y se venía a Azul para los francos. Los dos, Goyo y tu padre, hicieron la Marina como cocineros. Coincidencias que tiene la vida.

Resulta que una vez estábamos con tu tía Alicia, en una cena en el Club Cemento Armado. Era una de esas cenas que se hacen para fin de año, y estaban todos los boxeadores del Barracas. Yo tenía puesto un vestido con cuello alto y manga japonesa acampanada. Nosotros siempre fuimos pobres. Si alguien nos regalaba ropa, la reformábamos. Le sacábamos las sábanas de grafa a mamá para hacernos polleras, porque nos daba mejor el ancho para la costura. Yo usaba el método de corte y confección "Teniente", porque tu tía Ñata había conseguido la revista con los moldes. En ese entonces no teníamos máquina de coser ni nada, se hacía todo a mano. Calculá que yo tuve la Singer recién cuando nació tu hermana, que tu padre me la compró en uno de los viajes que hacía a Buenos Aires con el camión *Man*. Bueno, cómo te decía, yo esa noche tenía puesto el vestidito ese de manga japonesa, y Goyo tenía un traje de lino color manteca que le quedaba pintado.

En esa cena a Goyo, como era sanjuanino y marinero, y ya lo conocían como buen boxeador, le dieron para que izara la bandera. Tu tío Vasco me contó después que Goyo ni bien me vio le preguntó quién era yo. Vasco le dijo que yo tenía novio, y él le contestó que a él no le importaba. Yo igual ya me había peleado con mi novio, que era marinero también. Después hizo que el Vasco lo invitara a cenar a casa, y ahí empezó todo.

Las relaciones de antes no eran como las de ahora. Antes era todo un acontecimiento que un hombre fuera a la casa de una chica a la que pretendía. Papá nunca supo que él había ido por mí. Me mataba si se enteraba. Él siempre creyó que fue porque era amigo del Vasco, que un poco cierto era, pero Goyo tenía interés en mí.

Me acuerdo que esa noche había guiso con arvejas. Y él me miraba y me decía en voz baja: "niña Nélida, a mí no me gustan las arvejas", y las corría a un lado del plato con el tenedor. Tu tía Negra se descostillaba de la risa, y yo, colorada como un tomate. No estuvimos mucho, unos meses nada más. Después se radicó en Buenos Aires y le fue muy bien. Empezó a ganar, a estar mejor rankeado; se contactó y se fue para España. Hizo carrera allá, aunque nunca llegó a ser campeón mundial. Ganó el título argentino nada más.

Yo a Goyo no lo vi pelear nunca. Con decirte que a tu tío Vasco lo vi una sola vez. Papá no quería que nosotras fuéramos a las peleas. Y menos a la noche de un sábado, que el domingo había que ir a misa temprano.

Igual a mí nunca me gustó mucho el boxeo. Y eso que tu tío Vasco siempre me escorchaba con que lo fuera a ver. Es un deporte muy violento para mi gusto. En la televisión es una cosa, pero muy distinto es escuchar a metros nada más cómo suenan las trompadas. Son golpes secos, que te hacen temblar. La vez que fui a verlo al Vasco me dio una impresión bárbara. Me acuerdo clarito, como si fuera hoy. Peleaban dos, de los que por supuesto no me acuerdo los nombres. Uno era de Tapalqué y el otro de Olavarría. El de Olavarría le ganó por nocaut en el cuarto round. Le metió un manazo que lo dejó sentado, grogui, como se suele decir. Cuando el médico lo fue a ver, y el de Tapalqué reaccionó, le dijo que no podía respirar, que se ahogaba, que se había tragado algo. En seguida todos lo miraron al réferi que mostraba que le había sacado el bucal. El médico lo daba vuelta, le pegaba en la espalda, pero nada, no había caso, tosía ahogado y la cara se le ponía como una remolacha. Al final se lo tuvieron que llevar al Hospital Pintos. Al otro día el Vasco nos contó. El tipo se había tragado la dentadura postiza. No lo podían creer, mirá que salir a pelear con dentadura postiza. Era una estupidez, una locura y un descuido del técnico. Esa noche me dio mucha impresión y después no quise ir más. Porque decí que lo llevaron en seguida al hospital y que en la guardia se avivaron y le sacaron la dentadura con una pinzas que si no capaz que se muere ahogado. Un peligro.

La primera pelea importante que tuvo Goyo fue en Miami contra Willie Pastrano, en el sesenta y tres. Perdió por puntos. Pastrano en ese momento era el campeón mundial de los semipesados. Pero no estaba el título en juego. Después tuvo el desquite en Nueva Orleáns, pero perdió por nocaut técnico en el sexto round culpa de un corte en la ceja. Ya por ese entonces lo entrenaba Alfredo Porzio y Héctor Nesci. Subió en el ránking como una flecha y las oportunidades empezaron a salirle. Cuatro años después se enfrentaron otra vez con Pastrano en el Cilindro de Montevideo. A esa pelea se la llamó: "La pelea de las cuerdas flojas". Alguien las había aflojado. Yo nunca supe a favor de quién, porque Goyo no era un boxeador de esperar, sino que iba al frente, no se recostaba en las cuerdas; como en esa pelea de Alí con Foreman en África, que dicen que alguno del grupo de Alí las aflojó para que se recostarse y trabajar de contra mientras que Foreman hacía todo el desgaste.

Goyo y Pastrano empataron en esa tercera pelea, en el sesenta y ocho, sesenta y nueve, no me acuerdo bien. Después tuvo problemas con la gente del Luna Park y fue cuando se radicó en España. Ahí le peleó a un vasco, creo que era Urtain, Urtan, o algo por el estilo.

Cuando volvió a los Estados Unidos, peleó dos veces contra Foreman. Creo que perdió las dos, pero ninguna por nocaut. En esos tiempos era muy difícil que un argentino ganara en los Estados Unidos. Había que ganar por muerte. Si Firpo, que según dicen, fue el más grande de todos, hasta lo tiró a Dempsey del ring y no ganó, menos iba a ganar Goyo. La cosa es que peleó contra los mejores. Si hasta estuvo por boxear en la cancha de Boca por la corona, contra Jimmy Ellis. Pero dicen que la desorganización malogró el enfrentamiento. Hizo ciento once peleas como profesional. Se retiró recién a los treinta y ocho años.

Me acuerdo que había una nota sobre Goyo que nos hacía mucha gracia. En esos tiempos salían comentarios de las peleas en la revista *Patoruzito*. El comentario decía: "este chico sanjuanino es muy bueno, pero si sigue sacando la lengua la va a tener que buscar en la lona", porque Goyo cuando peleaba sacaba la lengua.

Me acuerdo clarito también, de un *Gráfico* que yo tenía, del tiempo de ñaupa. Después lo perdí en la inundación del ochenta. En la tapa estaba la carota fea de Bonavena en el Luna, la noche que le ganó a Díaz, allá por el sesenta y cinco. Así que mirá si sería vieja la revista, que en la contratapa estaba la propaganda del *Valiant*. Tu padre después nos compró uno. Nosotros tuvimos primero un *Caiser Calavera*, después un *Valiant* y por último un fitito celeste. Claro que tu padre los malvendió, como siempre.

En un párrafo citaban las palabras de Bonavena cuando se bajó del ring después de una pelea. "Y ahora que venga Peralta. Que no se esconda como las gallinas. Si él no viene yo lo voy a ir a buscar a Azul." Era un agrandado. Pero tenía con qué. Él fue el que le sacó el título argentino a Goyo, que se lo había ganado en el sesenta y uno a un tal Giorgetti, que le decían "Kid Tutara". En esa pelea Goyo peleó con trece kilos menos que los del rival. Lo que pasaba era que el peso natural de Goyo rondaba los ochenta y cinco kilos, pero resultaba demasiado pesado para la categoría de los semicompletos, creo que el límite era setenta y nueve y monedas, y también era demasiado liviano para la de los completos. Con esa contra cargó toda su carrera. En el *Gráfico* este que te digo, había una foto en la que estaban todos arriba del Ring. Esperate, a ver si me acuerdo: un yanqui, Stevens creo que se llamaba, Locche, Cañete, Menno, que después formó parte del cuerpo técnico de Monzón, Goyo y Díaz. Todos de traje, menos Díaz que estaba en bata, porque esa noche peleaba. Goyo les sacaba media cabeza a todos, salvo a Díaz que también era alto. Como el loco de tu padre fue toda la vida radical envenenado, que hasta lo echaban de los trabajos por hablar mal de Perón, yo tuve la revista escondida una ponchada de años, para que no me la encontrara porque le tenía bronca a Goyo, no lo podía ni oír nombrar porque era peronista acérrimo. Mirá como sería tu padre que tampoco me dejaba escuchar ni mirar películas de Hugo del Carril, que a mí me encantaba, porque había grabado la marcha peronista. Daniel, el ex de tu hermana, te acordás que era muy parecido a Hugo del Carril, siempre me decía: "Coca, si quiere yo le canto un tango, pero si Pipiolo me escucha me mata".

Goyo se gastó un dineral en la campaña de la vuelta de Perón; le habían prometido el lugar de Tito Lectoure, pero al final no le dieron nada. Después se radicó en España y se casó con Mimí Canebelo, que antes de casarse vivía en la casa de la 25 y Falucho, donde después vivimos nosotros. Esa casa se la compró el viejo Bernardo al padre de Mimí.

Se dice que Goyo allá en España frecuentaba mucho Puerta de hierro y me acuerdo que leí en alguna revista que Perón hasta le regaló un mate de oro y todo.

Él siempre decía que se había hecho peronista porque en el terremoto de San Juan, Perón y Evita fueron a socorrerlos y que después de eso les fue fiel toda la vida. La noche de la pelea con Bonavena en el Luna, no sé la cantidad de gente que metieron. A Bonavena había muchos que lo odiaban, porque era muy fanfarrón. Lo iban a ver tanto los que lo querían como los que no. Por algo fue uno de los boxeadores más populares sin llegar a campeón mundial. Goyo perdió el título con él en el round doce. El 4 de septiembre del sesenta y cinco. Me escuché la pelea entera por radio, en la casa de tu tía Negra, a escondidas de tu padre. Eran contrafiguras, Bonavena grosero y fanfarrón y Goyo correcto, humilde. Eso siempre se dio en la Argentina. Boca versus River, Ford versus Chevrolet. En el boxeo tenías Suarez versus Mocoroa; Gatica versus Prada; Lausse versus Selpa. E infinidad de otras duplas clásicas. En mil novecientos setenta y dos Goyo hizo una exhibición con Muhammad Alí. Después, vivió un tiempo en Alemania y peleó un par de veces más. La última fue contra Ron Lyle en el setenta y tres. Después se volvió a la Argentina, solo, sin su familia. Y se radicó definitivamente en Rosario. Hasta ahí sé de su vida.

En esa foto que tenés ahí están casi todos los que peleaban en aquella época con Goyo y con tu tío Vasco. Ése que está ahí es Don Ricardo Maringola. Ese es Fito Marrazo, que también pertenecía al club. El narigón es Julián Lezcano. Ese es tu tío Cacho. El de al lado es tío Ñato. El negrito es Walter Peralta, un primo mío, nada que ver con Goyo, le decíamos Pichirica. Ése que se ríe es Goyo, mirá que buenmozo que era. A ese de ahí le decían Gorga. Ese es Marcelo Acuña, que era primo de mi primo. Este…, esperate, ¿cómo era el militar este, che? Bueno, ya me voy a acordar. A ese le decían Zorro, tenía un almacén cerca de donde vivíamos nosotros. Ese del medio es tu tío Vasco. Ese es Melfi, dueño del diario "Pregón". De esos otros no me acuerdo quiénes eran… Etchepare se llamaba el militar, Etchepare.

La vez que lo fui a ver pelear al Vasco, fui con tu tía Alicia. Nos sentamos en las graderías. Nos miraban todos. Mucho no se estilaba que fueran mujeres a ver las peleas. Yo me puse colorada como un tomate. Además que no me costaba. De chica siempre andaba con los cachetes al rojo vivo. Como siempre tenía asma, en invierno no podía salir a la calle o al patio a jugar, y todos me gritaban: "Rabanito, vení a jugar". Me daba una rabia bárbara que me dijeran rabanito. Bueno, esa noche pasé unos calores tremendos. Porque yo tenía puestos una blusa larga, lisa, con manga japonesa y solapas, una pollera campana plato, y un saco con tres costuras y cuello smoking. Y en ese tinglado cerrado, lleno de gente, hacía un calor tremendo. Encima a cada rato alguno pasaba y nos decía alguna cosa. No groserías, sino más bien algún piropo. Pero con tu tía no sabíamos dónde meternos. También por eso no fui más a ver peleas.

En ese tiempo generalmente se hacían peleas con los boxeadores que traían del club Racing de Olavarría. A tu tío le decían "el Torito azuleño", era peso pluma, derecho. Esa noche peleaba contra José Novello. Fue una pelea muy comentada, porque tuvo incidentes. Me comí todas las uñas de los nervios que pasé. Acá tengo la fotocopia del recorte del diario *Pregón*. Mirá lo que dice: "Y vamos al combate de fondo. Ya en el cuadrado los contrincantes, Nicéforo Pérez (58k800) y Alberto Novello (56k800). El juez, el Señor Alfredo Delbonis, da las instrucciones de rigor y la orden de comenzar. Primer round de puro finteo, quebrado en dos o tres oportunidades por largos golpes de derecha de Pérez en el rostro de Novello. La segunda vuelta Pérez, de hábil boxeo, ágil en el punteo de izquierda y aplicando oportunas derechas netas, tiene a mal traer a su rival, sin que pueda éste alterar el juego propuesto por el Torito azuleño. El tercero se inicia dentro del mismo ritmo, pero a partir del minuto se lanza Novello a un juego desordenado, entrando agachado y procurando el cuerpo a cuerpo. El cuarto tiene alternativas de riña. Pérez trata de avasallar a Novello pero éste esquiva, agachándose y en el envión lleva al azuleño a brindar vueltas acrobáticas en el aire, soliviado por su contenedor. Apenas transcurrido un minuto se toman en el centro del ring y Novello agarra a Pérez y le cachetea el rostro ostensiblemente. Aparta el juez y por sobre éste aplica Pérez un guantazo a Novello produciéndose un instante de confusión, cuando los segundos de Pérez escalan el tablado, mientras el juez los insta a retirarse y los combatientes ocupan sus respectivos rincones, retornando a la pelea, en ambiente confuso y discutido. Sobre la clausura vuelve a ser amonestado Novello por pegar cuando Pérez tiene una mano retenida en las sogas. En el último round no existe ventaja entre los contendientes, ya que ambos se atropellan con virulencia, ciegos en el arreo. Concluido el lance quedó la sensación del triunfo de Pérez, porque cuando las acciones fueron limpias estableció clara diferencia de aptitudes, lo que trató de equilibrar Novello con arrestos impetuosos y faltos de distancia y eficacia. El jurado proclamó ganador al azuleño por puntos. Y sobre el mismo ring Novello pidió la revancha, a la que accedió Pérez, para un lugar a determinarse, que podría ser en un festival del Boxing Justo Suarez o en Olavarría".

Esa misma noche también peleó y ganó tu padrino, Chico Tucci. Le ganó a un tal Di Palma. Iba a pelear contra otro, pero le cambiaron el rival a último momento. Después se hizo una cena agasajo en homenaje a tu tío y le entregaron una plaqueta a don Ricardo Maringola en reconocimiento por el trabajo que hacía con sus pupilos. Entrenaba a Mugueta, a Goyo, a Chico, a tu tío y a Fito Favazzo. Y todos andaban bárbaro.

Una vez tu hermano Luis Emilio, le hizo una nota para Radio Azul a Don Ricardo, ya de viejo. Estaba muy emocionado, pobre.

Esa noche de la cena que te digo, estaba Salustiano Márquez, que era un manager muy reconocido. Había ido para hablar con los dirigentes del Barracas y concertar el enfrentamiento entre Goyo y Orchuela.

El que también boxeó fue tu tío Flaco. Tenía lindo cuerpo, alto, flaco espigado, con los brazos largos. Era muy bueno, ganó algunas peleas como amateur, pero tenía problemas en los oídos. Una vez peleó con un tal Olmos que trabajaba con él en el ferrocarril, de guardabarrera. El Flaco fue y le dijo que no le pegara en los oídos. Por supuesto, lo primero que hizo Olmos fue pegarle en los oídos hasta que lo desmayó. El Vasco era más corajudo, pero el Flaco, como tenía ese impedimento, no iba tanto al frente.

Una noche, esto lo contaba siempre el Vasco y se moría de risa, peleaba el Flaco contra Marcelito Acuña y había ido todo el mundo. De la tribuna le gritaban: "pegale, Marcelo, pegale". Y una negra pampa, grandota, sería tía o vecina de Acuña, les contestaba: "dejelón, dejelón, que lo está estudiando". La verdad era que al Flaco no le gustaba entrenar. Peleó un tiempito nomás, antes de casarse e irse a vivir frente al reformatorio.

En cambio tu tío Vasco podría haber llegado lejos. A los meses de cumplir dieciocho años, Giorfi lo metió en el campeonato de los "Guantes de oro". Se hacía en el Luna Park. Era un salto importantísimo. Hizo dos peleas y las ganó a las dos. Pero en la última, la tercera, la definitiva, con un tal Pizarro, se tiró porque extrañaba.

Como en casa no teníamos radio, nos amontonábamos en lo de Mecha Azeta, para escuchar la pelea. En el barrio era la única que tenía radio, porque el marido era capataz en la cantera y en vialidad y tenía cierto poder adquisitivo. Después el mismo Azeta, muchos años más tarde, lo hizo entrar a tu padre en la cantera y en vialidad.

No me acuerdo quién relataba la pelea, no sé si no era Cafarelli, mirá. Yo no me acuerdo si en ese tiempo era Radio Belgrano, El pueblo o Splendid la que trasmitía las peleas. Debe de haber sido Splendid que era la más vieja. En Azul no había radio todavía. Si Radio Azul hace poco cumplió recién cincuenta años, hacé la cuenta. Después de los "Guantes de oro", tu tío Vasco siguió entrenando con Don Ricardo en el Barracas, y también hizo algunas peleas más, pero ya no quería seguir, no tenía las aspiraciones de la primera hora. Habrá largado a los veintiséis, veintisiete años, aproximadamente, no sé decirte con exactitud. Después se casó, se metió a ferroviario y lo trasladaron al sur, a Darwin, como guarda barreras. Al tiempo lo ascendieron a Jefe de Carga y Encomiendas y se radicó definitivamente en Bahía Blanca.

Cierta vez se cruzó a Pizarro en Azul y lo invitó a comer a casa. En la cena Pizarro se mandaba la parte de haberle ganado aquella pelea en el Luna. El Vasco, medio en serio, medio en broma, lo retó a pelear la revancha en el Deportivo Barracas. Pizarro, confiado, agarró viaje. El Vasco lo sentó en el cuarto round. Pizarro era un boxeador sucio, faulero. Era un cara rota bárbaro y un gran charlatán. Si hasta me quiso hacer el cuento a mí, pero yo lo saqué carpiendo, si era más feo que la miércoles.

Goyo, una noche me llevó a comer. No fuimos solos. Fuimos con el Vasco y con Cheché, a una cantina que ya no está más, quedaba cerca del balneario. Goyo fue vestido con un traje cruzado azul marino y un pantalón gris, pinzado. Estaba hermoso. Y yo tenía puesta una blusa drapeada y una pollera con tabla encontrada al medio. La cena igual estuvo aburrida porque se la pasaron hablando de boxeo. A los dos se le venían peleas por delante y ya se tenían que meter a entrenar fuerte. Y eso fue un poco lo que nos distanció. Si siempre tuvo pensado irse de Azul. Y si yo quería seguir, o me tenía que ir con él o me tenía que quedar en Azul, a esperarlo. Ni loca. Salimos unas cuantas veces más, pero ya la cosa no iba ni para atrás ni para adelante. No hubo caso, no pudimos seguir, ¿para qué? íbamos a terminar matándonos. Cada vez que hablábamos era siempre la misma discusión, que el boxeo era su vida, que los títulos, que las oportunidades. Y tenía razón, era su vida y su sueño, y además tenía pasta, así que yo no podía darme el lujo de hacerlo elegir. Lo mejor era que termináramos así, en buenos términos. Creo que fue la mejor decisión para los dos.

Y yo con el tiempo, me acostumbré a leer sus triunfos en *El Pregón* y en *El Ciudadano*, que era el diario más viejo de Azul, de los hermanos Subiri, las oficinas quedaban en ese edificio antiguo, que ahora está tapiado, uno que queda enfrente de lo que antes era el Supercoop.

Así es la vida. Ahí tenés los recortes. A veces es lo único que queda, unos pedazos de papel amarillentos, unas fotos en blanco y negro que muestran el paso del tiempo. Otra cosa no sé decirte.

Juan Marcos Almada

Azul; 1976. Obtuvo el 4º premio en el concurso Cuentos Rioplateados, con el cuento "Embocadura rota". Las revistas virtuales *Gatillo* y *miNatura* y *Mala Yunta* publicaron dos de sus cuentos. Publicó el libro de cuentos *Deforme* (Milena Caserola, 2011). Organiza dos ciclos de literatura: Naranjas Azules y Corrincho. Organizó Nodo, ciclo de literatura y música experimental. Escribió las letras de las canciones incluidas en el disco *Una niña y un jarrón rojo,* musicalizadas por Juan Sicardi y Jerónimo Naranjo. Obtuvo un subsidio del Fondo Metropolitano de la cultura, de las artes y de las ciencias de la Ciudad de Buenos Aires, para publicar la novela *Lengua Muerta.* Es editor de Alto Pogo. Conduce el programa de radio Acá no es por FM La tribu.

Reyes del cincuenta y uno

Marcelo Luján

Observa y escucha.

De pie junto al ventanal, tiradores oscuros que le bajan desde los hombros, repeinado y en mangas de camisa, el hombre observa el último tramo de calle que se mezcla ligeramente con la noche. Y escucha, sin dejar de observar, la radio: la voz entusiasta del locutor.

Escucha:

...amigos de LR1 Radio El Mundo, y la gran cadena de emisoras de todo el territorio nacional que se entrelazan en esta velada plena de emoción de la Cabalgata deportiva Gillette...

Había sido un día raro, lleno de sensaciones contradictorias, con un informe clínico en el centro de todas esas contradicciones. Había sido un día caluroso, con un calor de esos que se te pegan a la piel, que se te pegan desde que te levantás y que no te abandonan nunca, ni siquiera cuando cerrás los ojos y después de mil vueltas te terminás quedando dormido.

Escucha:

...nieva copiosamente en esta grandísima metrópolis, un manto blanco cubre avenidas y calles...

Un día contradictorio.

Si llegara a ser verdad, cómo mierda se lo digo, pensará el hombre.

Pero lo pensará mañana. O dentro de un rato, cuando termine la pelea y camine hacia el dormitorio donde su esposa, agotada por tanto trabajo y cierta responsabilidad añadida, ya descansa boca arriba, medio desnuda y con el pelo suelto.

Escuchá:

...un cordial saludo desde el centro mundial del pugilismo: el Madison Square Garden de Nueva York...

Cómo mierda se lo digo, pensará el hombre.

Mañana.

O dentro de un rato.

Si no fuera por la voz entusiasta del locutor, por el anuncio del inminente comienzo del combate, el hombre estaría menos tenso pero bastante más afligido. Si no fuera por la voz que sale como un látigo desde el parlantito de la radio, el hombre estaría pensando en la conversación con el médico, una conversación llena de malos presagios, escueta y demoledora.

No estaría ahí, junto al ventanal, algo errante y todavía vestido.

Tal vez ni siquiera estaría despierto.

Pero quiere escuchar la pelea. Claro que sí. Le gusta el boxeo. Le gusta desde siempre y esta noche más que nunca porque confía en el triunfo. Porque hace quince días, diríase que murmura el hombre, el otro negro duró cuatro rounds. Confía en el triunfo, sí. Lo necesita, además. Necesita que el campeón del mundo quede seco contra la lona, que los gringos se vuelvan locos de envidia, que sufran en sus propias narices la fuerza de un pueblo justo, libre y soberano.

Observa y escucha y piensa.

Observa la calle, la ciudad medio desierta, y escucha. Y piensa en todos los otros barrios, no en este barrio de copetudos sino en los otros, donde la gente estará metida en sus casas, cerca de alguna radio, cagándose de calor pero acompañando a su ídolo, pendientes de la narración entusiasta y seguros, como él, del triunfo.

Escucha:

...a pocos minutos del combate que sostendrán el Tigre puntano, el argentino José María Gatica, y el legendario monarca de la categoría Ike Williams...

De pie junto al ventanal, la calle Austria medio desierta, el hombre se desabrocha lentamente un botón alto de la camisa. Y se detiene. Acaricia el botón, lo estruja. Y se detiene.

Escucha:

...cuando en este instante, amigos de LR1 Radio El Mundo, hace su aparición el presentador de la velada...

Después, con la vista en el último tramo de la calle, siempre de espaldas a la radio, se desengancha los tiradores: los deja caer a un acostado: los tiradores cuelgan de su cintura. Ahora se siente un poco menos tenso. Pero está el calor, que no cesa ni siquiera con la noche.

Escucha:

...ladies and gentlemen...

Ya no le importan los rumores de que Gatica no se estaba entrenando como debería. O de que ni siquiera se estaba entrenando, que se la pasaba de joda, chupando y sin dormir, que por la habitación del hotel entraban y salían, a cualquier hora, mujeres de todos los colores, aunque el Mono lo niegue, y se enoje mucho y grite y diga, enojado y a los gritos, que son todas mentiras.

Ya no le importa eso.

Y prefiere no pensar en la conversación de esta mañana con Cárdenas, eminencia de la medicina argentina, amigo personal desde los tiempos del Liceo. Prefiere no pensar en eso.

Escucha al locutor diciendo que Gatica sube al ring ante un silencio inimaginable en Buenos Aires. Después, de fondo, palabras en inglés que anuncian a Williams. Después, de fondo, todo el Madison Square Garden aclamando a su campeón.

Y después, un silencio mínimo. Un fantasma. Como si el locutor no hubiera podido reprimir la angustia. Como si el locutor, siempre entusiasta, de pronto hubiera tragado saliva. Gatica estaba solo. Solo como nunca lo había estado. Solo en medio de ningún cantito. Solo sin el oh oh oh del Luna Park.

El hombre sabía que el Tigre puntano estaría solo. Y que la gente de los barrios bajos esperaba todo de él.

De él. Y de Gatica.

Y prefiere no pensar en lo que le dijo Cárdenas a media mañana. Pero cómo evadirse de semejante desgracia, porque Cárdenas es su amigo y por nada del mundo le diría algo así de no estar completamente seguro.

Si Cárdenas tiene razón, cómo mierda se lo voy a decir, pensará el hombre mañana o dentro de un rato. De dónde voy a sacar las fuerzas, pensará. Con lo jovencita que es y con todo lo que sufrió desde que Dios la trajo al mundo, pensará.

Y pensará en aquel primer desmayo. El de hace casi un año. Y pensará que si volviera a pasarle, otro desmayo o cualquier indisposición, le pedirá y hasta exigirá que traslade su oficina acá, a la casa. Eso pensará el hombre.

Mañana.

O dentro de un rato.

Y pensará que Gatica es un chiquilín. Y pensará que es arrogante y desfachatado y peronista.

Entonces suena la campana: un estruendo fervoroso cubre la voz del locutor. Dura poco.

Ese estallido de fervor.

Cómo ruge la leonera, dice el hombre sin mover los labios, sin siquiera mover el cuerpo, con la ciudad y la noche de Reyes recortada tras el ventanal que da a la calle Austria.

Escucha:

...primeros avances del Tigre puntano decidido a tomar la iniciativa. El árbitro observa las acciones detenidamente. Williams retrocede. Gatica arremete con un gancho de izquierda a la cabeza del campeón, que parece no acusar el impacto. Retrocede Gatica. Vuelve a la carga. Izquierda, derecha, izquierda...

Le gustaría decir dale dale monito pero no lo hace.

Escucha:

...terrible gancho a la mandíbula y Gatica se va al suelo...

Entonces el hombre, por primera vez, se gira y sus ojos negros apuntan a la radio. Los tiradores colgando desde la cintura, el pelo brillante y repeinado hacia atrás.

Esperá, esperá que cuente hasta nueve,

dice.

Y lo dice como si se lo dijera al oído. Como si lo tuviera a Gatica ahí mismo y quisiera confesarle un secreto. Se lo dice como se lo diría al hijo que nunca tuvo.

El relator cuenta. El árbitro cuenta. El relator dice uno, después dice dos, y después tres. Y después dice que Gatica se levanta valiéndose de las cuerdas. Pero que está apabullado, dice.

Escucha:

...el árbitro examina los guantes del Tigre puntano. Le hace un gesto con las manos. Se aparta. Gatica no termina

de armarse y el campeón arremete sin piedad. ¡Devastador uppercut de izquierda al mentón de Gatica! ¡y otra derecha a la nariz del argentino…!

El hombre, ahora junto a la radio, de frente a ella, imagina los golpes de Williams mejor que si los estuviera viendo. Ya hay sangre saliendo de la nariz golpeada, escucha. El relato se torna desquiciado: una multitud aclama la segunda caída de José María Gatica cuando apenas si transcurrió un minuto de pelea.

Ruge la leonera.

Escucha:

…tres, cuatro, cinco, seis…

El hombre, la camisa desabotonada hasta la mitad, las manos encima del mármol donde está apoyada la radio, los brazo tensos, los ojos negros hipnotizados en el parlante que ruge y ruge.

Le gustaría decir parate mono parate pero si lo hace no se le oye.

Lo que sí se oye es al relator diciendo que el Tigre puntano consigue pararse pero que está totalmente grogui. Y que Williams no perdona porque le suelta una serie de volados de izquierda y duros rectos de derecha que impactan en la cabeza del argentino.

El hombre, de cara a la radio, cierra los ojos. Los aprieta, más bien.

Entonces escucha:

¡…Cayó Gaticaaaa…!

Y escucha, también, a la multitud enloquecida.

La voz. Los rugidos. Y cada uno de los números que aproximan el nocaut.

Diez.

Nueve, en realidad. Porque después de ese número ya no se oyó más que el griterío pisando la voz del relator.

La puta que te parió,

dice.

Y apaga la radio. Y al apagarla deja, un instante, sus dedos sobre la perilla redonda del aparato. De pronto el silencio lo aturde. Y no consigue calcular cuánto tiempo duró la esperada pelea en el Madison Square Garden de Nueva York. Mira el reloj. Todavía no es consciente de que todo ocurrió en el primer asalto.

Caerá en la cuenta mañana.

O dentro de un rato. Después de acostarse, cuando le será imposible conciliar el sueño en la calurosa noche de enero.

Con lo tiradores colgándole de la cintura, lentos los pasos y una horrible sensación de haberle fallado, él y no Gatica, a todos y cada uno de los argentinos, el hombre llega al dormitorio donde su esposa duerme boca arriba, el pelo suelto y medio desnuda.

La observa desde el quicio de la puerta. Reconoce su figura en la penumbra. No quiere despertarla.

Se queda inmóvil.

Y piensa, inmóvil, que esa mujer es demasiado joven como para que Cárdenas tenga razón. Y que sufrió tanto de chica. Y que luchó tanto para llegar a donde llegó. Y sin dejar de observarla, boca arriba, el pelo desparramado sobre la almohada, no sabría decir quién la quiere más, quién la necesita más: si él, Juan, su marido, o el resto de la gente. De toda esa gente. Del pueblo entero que esta noche de Reyes sufrió la peor derrota de su ídolo, la más humillante y verdadera.

—Negrita, ¿estás dormida?

Toda esa gente. Sus descamisados.

Marcelo Luján

Buenos Aires, Argentina, 1973. Reside en Madrid desde el 2001. Trabaja como periodista y coordinador de talleres literarios. Publicó *Flores para Irene* (2004), *En algún cielo* (2007), *El desvío* (2007), *La mala espera* (2009), *Arder en el invierno* (2010) y *Moravia* (2012), además de una docena de cuentos en antologías de varios países. Parte de su obra fue seleccionada en campañas de fomento a la lectura, traducida a otras lenguas, y distinguida con los premios Santa Cruz de Tenerife, Ciudad de Alcalá de Narrativa, Kutxa Ciudad de San Sebastián de Cuento en Castellano y Ciudad de Getafe de Novela Negra. Entre otros galardones obtuvo la Segunda Mención en el Premio Clarín de Novela 2005. Su página web es marcelolujan.com

Pampero

Hernán Brignardello

Ya no sé lo que es el invierno. No, invierno de verdad era ese, cuando el frío se hacía parte de vos y no sabías cómo sacártelo de encima. Arrimabas desesperado las manos a la llama mugrienta del kerosén y sentías un aire pesado que te ardía en la piel. Pero por adentro la carne estaba endurecida, hecha piedra por el hielo que se te amontonaba en el interior día tras día. No había remedio posible para tanta malaria, para tantas paredes descubiertas que sufrían el irremediable embate del Pampero.

Las noches, casi eternas, empezaban apenas pasadas las cinco de la tarde. Las mañanas te recibían con un par de centímetros helados que blanqueaban todo: el pasto que se quebraba muerto bajo las botas de goma, el polvo de las calles que se volvía escarcha. Hasta los sonidos se acallaban. Los gorriones desaparecían, el ruido desesperado de las chicharras era aplastado por un silencio espantoso. Una quietud que apenas se rompía para dejar paso al silbido del viento que doblaba en una esquina vacía, o al crujir congelado de los piñones de las bicicletas, que sufrían bajo el peso de hombres endurecidos.

De casa al trabajo y del trabajo a casa, repetían muchos, ensimismados. Esa frase no pudo ser pensada más que para aplicarse a los pobres desgraciados que se levantaban cada día al cantar la sirena, con tres o cuatro grados bajo cero, para ir pedaleando hasta los talleres del ferrocarril con apenas unos mates tibios y un pedazo de galleta en el estómago. En el invierno todo se moría. El pueblo era más que nunca un caserío fantasma, un par de ranchos descoloridos que se apretujaban en medio del desierto de la pampa húmeda. Y la vida de todos y cada uno de nosotros se reducía a casi un único objetivo: buscar un poco de calor.

Ese viernes estaba acurrucado en un sillón que había sido de mi abuelo. Era un viejo sofá individual con respaldo alto y los brazos de madera, que mi madre había tenido la mala idea de retapizar en una especie de cuerina. La cuerina es el peor tapizado en cualquier época del año. En verano se pega a los cuerpos como un caracol baboso, y en invierno es helada como la mano de un muerto. Yo tenía el mentón incrustado entre las rodillas y trataba de calentarme con mi propio aliento cuando escuché el timbre ¿Quién toca el timbre el viernes a las nueve de la noche con casi tres grados bajo cero? Esquivé a mi madre que miraba la televisión endurecida, protegida por el vaho aceitoso de la estufa, y llegué hasta la puerta. Ahí estaba él, parecía un aviador salido de una de esas películas de la Primera Guerra Mundial que pasan los domingos a la tarde por la tele. La campera de cuero marrón rellena de corderito le quedaba enorme, como a un nene disfrazado de hombre de las nieves. Me saludó con una nube de vapor que salía de su boca húmeda y señaló, con un pulgar tieso por el frío, hacia el auto en marcha que esperaba estacionado frente a la casa. En cualquier otro momento del año hubiera escuchado el motor acercarse. Ese claqueteo ronco, como de martillos golpeando bajo el agua, que hacía en cada acelerada. Pero en el invierno el frío parecía obligar a los sonidos a replegarse.

Me senté en el asiento del acompañante frotándome las manos. Rubén puso primera en la palanca al volante y arrancó sin decir siquiera una palabra. No había mucho para explicar, en el pueblo los acontecimientos sociales no sobraban. En el verano estaban los bailes en la cancha de básquet del club Dos Mundos. En primavera, como en casi todos lados, se elegía una reina. En este caso la afortunada era distinguida con la corona del fiambre casero. El pueblo entero se juntaba para rendirle honor al cerdo convertido en salame y jamón serrano, y aprovechaba la volteada para ungir a una flacucha adolescente como máximo exponente de su amor por los porcinos. Pero en invierno la cuestión era distinta. No existían grandes festejos ni acontecimientos. Había que pasar el frío para llegar otra vez al verano, al sol que levanta humedad sobre las aguas marrones de la laguna.

Pero todo es más grande de lo que uno cree. O quizás la pequeñez aparente de las cosas se explica únicamente desde el desconocimiento. Lo cierto es que esa noche vaciada por el frío Rubén manejó por una ruta que yo creía abandonada. Un camino lateral de esos que se internan profundos en el campo, y que uno jamás tomaría salvo que supiera muy bien adónde va. Mi sorpresa al llegar fue grande: pese al frío, el lugar estaba lleno de autos. Y uno que cree que en invierno todo esto se convierte en un desierto. Tal vez debería haberle preguntado a dónde estábamos yendo. Pero en los lugares en los que hay poco para saber la ignorancia es considerada el peor de los pecados.

Para entrar nos pidieron una contraseña que Rubén escupió en un murmullo. Me pareció escuchar que decía "Zaino Viejo", ¿adónde se suponía que estábamos entrando? ¿A una milonga? Pero adentro ni siquiera había música, no bailaba nadie, y las luces no ayudaban a apagar la baja temperatura. El lugar era un galpón enorme, con piso de cemento áspero, mal terminado. Yo, casi premonitoriamente, caminaba con la mirada gacha, tratando de esconder los ojos. Pero los veía. Sí, ahí estaban casi todos. Nadie saludaba a otros, no había conversaciones. Como si ninguno de ellos se hubiera cruzado cada día en los últimos diez, veinte o cincuenta años por las calles polvorientas del pueblo. El intendente, el comisario, el peluquero y el empleado del correo. Y yo también. Yo, el de la mercería, el mismo que los atendía a todos ellos cuando iban a comprar ropa interior para regalarle a sus esposas. Pero ahí parecía que era la primera vez que me veían.

Sobre una de las paredes había una barra improvisada con un caballete cubierto de papel de diario. Me acerqué y detrás de una de las manchas violáceas pude descifrar una de las tapas amarillentas de *El Imparcial:* "Fue derrocado el Presidente Arturo Illia. Las Fuerzas Armadas toman el poder". Debajo se veía una caricatura de un hombre con caparazón de tortuga, subiendo a un taxi en la puerta de la Casa de Gobierno. Levanté la vista y lo encontré al viejo Echevarra refugiado detrás de un vaso de vino tinto. "¿Cómo le va, Echevarra? ¿Disfrutando de un vinito para pasar el tiempo?", saludé. El viejo dio vuelta la cara y salió disparado hacia la otra punta del galpón, con una soltura que no recordaba haberle visto antes.

Me alejé de la barra y me di cuenta de que me había separado de Rubén. El lugar estaba repleto de gente excitada que iba y venía. Por encima de la multitud pude ver en una esquina un cartel de chapa cubierto de óxido que decía "Vestuarios". Fui para ese lado pensando que a lo mejor ahí podía encontrar a alguien que me explicara qué era todo eso. Al llegar a la puerta de los baños el Vasco Aizpurúa me abordó sin siquiera saludarme.

–¿Va a apostar, señor?, nueve a uno las apuestas a favor de local. Haga su apuesta, señor, queda poco tiempo –me increpó mientras sacudía un fajo de billetes arrugados delante de mi nariz.

–¡Vasco! –reaccioné–. ¿Qué hacés? ¿No me saludás? –pero Aizpurúa ya estaba encarando a un tipo vestido con gabán que salía de los baños sacudiéndose las manos húmedas.

En ese momento escuché una voz que salía de un altoparlante: "Señores, bienvenidos a otra velada inolvidable", dijo el locutor con tono épico. El sonido salía de una vieja bocina negra, parecida a la que usa el colchonero en el techo de su camioncito. "Esta noche, como siempre, no es una noche cualquiera", continuó el relator. La gente empezó a moverse ansiosa hacia el centro del galpón. Recién en ese momento cuando me di cuenta en dónde estaba. Elevado algunos centímetros sobre el suelo había un cuadrilátero improvisado, hecho con un par de sogas mugrientas.

"En esta esquina, el campeón, el Toro Salvaje de las Pampas". El locutor de LT2, disfrazado con un saco plateado y con un moño negro que le colgaba del cuello, señalaba desde el centro del ring hacia una de las esquinas. Subió al cuadrilátero un gigante con la cabeza escondida bajo una bolsa de arpillera. Se la sacó y el público estalló en un rugido. Yo creí haber visto esa cara antes, pero no logré reconocerla. Los ojos estaban encendidos de lujuria. "En el otro rincón, el retador", siguió el locutor. Un morocho menudo y retacón saltaba como una liebre mientras movía la cabeza en círculos, estirando el cogote. Me acerqué más para ver si lo veía a Rubén entre el público, pero era imposible identificarlo en medio de tantos rostros excitados.

El campeón, que sin dudas también era el local, le sacaba por lo menos una cabeza y media a su contrincante. Desde los parlantes se escuchó una campana, y el presentador se bajó del ring después de gritar "Que empiece el show". Los dos luchadores se acercaron despacio el uno al otro, la luz caía vertical sobre sus cuerpos lustrosos. No había árbitro, no se veía a nadie en las esquinas. Sólo gente que gritaba, fuera de sí alrededor. El primer golpe retumbó como una piedra que se arroja contra una chapa. El retador reculó, estremecido, la trompada patinó por su pómulo izquierdo abriendo un surco que empezó a sangrar. Levantó la guardia y volvió a la carga pero recibió otro golpe, esta vez en el hígado. Lo vi arquearse y chorrear sangre que manchaba el piso. En ese momento me di cuenta de que el suelo del ring estaba cubierto con una lona de las que se usan para tapar los acoplados de los camiones. Sobre uno de los laterales podía leerse "Transporte Miño". Abajo, el público, que por un momento había enmudecido, gritó otra vez entusiasmado. Creí poder reconocer a algunos o, quizás, si me esforzaba, a todos. Pero no se miraban, ni se saludaban, ni se abrazaban. Sólo sacudían sus puños vacíos al aire y gritaban el nombre del campeón.

Todo el combate pareció transcurrir en un único round en el que el local castigaba al retador. Este último trastabilló y cayó un par de veces, después de diez minutos su cara era un amasijo de carne aplastada que se parecía poco a la del hombre que había salido hacía unos instantes al ring. Yo observaba el espectáculo desde una distancia prudencial, por detrás del público hambriento de más sangre. En un momento me pregunté cuándo y cómo terminaría todo eso.

Fue poco después de la tercera o cuarta caída del retador. Miré mi reloj, fueron mucho más de diez segundos, pero no había árbitro en el ring para cantar la cuenta. Ahora el petiso se bamboleaba en el centro del cuadrilátero como un borracho. Y el campeón sólo tenía que medirlo, esperar que su cabeza girara hasta quedar al alcance de su zurda y tirar uno, dos, tres rectos que dieran de lleno en su cara. Tuve un deseo enorme de gritar. De correr hasta el centro del ring y pedir que alguien parara la pelea. Pero los únicos gritos que se escuchaban en el galpón frío eran los del público, el pueblo entero que aplaudía la contienda.

Entonces lo sentí. Fue como si un algarrobo se hubiese derrumbado en medio de la pampa a la hora de la siesta. El retador estaba tirado en el piso, la sangre que caía de su cara ya casi no dejaba ver la "o" de Miño sobre la lona. Intentó pararse pero resbaló en el charco viscoso de sus propios restos. Y, por última vez, cayó. La multitud enfervorizada subió al ring y levantó en andas al campeón, que lucía su cara brillante e intacta, como si acabara de volver de un paseo por la plaza un domingo por la tarde. Fue en ese instante cuando logré identificarlo. Recordé que de pibes jugamos juntos a la pelota en el potrero de Lomónaco. Que ya de adolescentes compartimos cervezas en el baile. Que incluso los dos estuvimos enamorados de la misma compañera del secundario. Ahora él era un dios pagano adorado después de haber acribillado a trompadas a un rival. Yo no los conocía. Ni a él ni a todas las caras repetidas que lo alzaban en hombros coreando su nombre.

Ganó de nuevo el Pampero, ganó de nuevo. Las palabras me las dijo Rubén, que apareció de improviso, poniendo una mano sobre mi hombro. Una vez más yo preferí callarme. Salimos. Afuera la noche seguía tan oscura y fría como siempre. Sin saludar a nadie nos subimos al auto, y enfilamos de nuevo para el pueblo. Cuando se encendieron las luces del coche alcancé a ver la caja abierta de una camioneta. Sobre ella, desparramado, estaba el cuerpo maltrecho del retador. Las pantorrillas vencidas colgaban en el aire, y se bamboleaban empujadas por el viento hiriente del invierno.

Hernán Brignardello

Junín, Provincia de Buenos Aires; 1981. Es Licenciado en Ciencias de la Comunicación, y trabajó como periodista en diversos medios gráficos y digitales. Desde el año 2007 es uno de los conductores del programa radial Acá No Es, que se emite por FM La Tribu de la Ciudad de Buenos Aires.

Viviendas dignas, con buena vista y muchos parques

Gabriela Cabezón Cámara

Partido Peronista. Gacetilla de Prensa: desgrabación del discurso de la candidata Victoria Unita en el Colegio Nacional de Buenos Aires, el 10 de marzo de 2011, en el marco de la campaña del Ministerio del Interior de la Nación "Los candidatos van a la escuela".

Claro que soy peronista, siempre fui: si yo nací el mismo día que el pueblo parió a Perón, ¿qué iba a ser? De la misma pelea nací, me parieron de un porrazo a la hora de la Victoria. Según cuenta mi vieja, justo cuando el coronel decía "Esto es el pueblo sufriente que representa el dolor de la tierra madre" yo lanzaba el primer berrido y ella el último.

Empecé así y así me pasé la vida, a los golpes: fui boxeador, fui resistente, fui la primera transexual del peronismo, fui presa y ahora soy candidata a presidenta. Luché para que volviera y, cuando volvió, voté Perón–Perón. Y después voté Perón–Drácula, cualquier cosa voté si decía Perón.

Ustedes deben saber ya que la historia depende mucho de quién la cuente y de quién le pague al que la cuente. Hoy, la voy a contar yo. No, a mí no me paga nadie. Claro que hay empresarios que me apoyan. Después les explico cómo se financia la campaña, ahora empecemos por la historia.

De una lucha enorme nació Perón. Y si nació fue porque esa batalla la ganó el pueblo. Si esto hubiera pasado hace diez mil años habría libros sagrados que hablarían de una guerra entre la tierra y el cielo o entre el agua y el fuego y dirían que así nació el rey de barro o el sacerdote hirviente que gobernó en la edad de oro. Como Saturno, tienen razón. Cuando yo sea presidenta, todos los colegios van a tener el programa de éste, tomen nota asesores. Sí, nene, van a estudiar latín en Villa Soldati también, ¿por qué no? Mirame a mí. Yo estudié. Pero mejor anoten ahora y me hacen todas las preguntas al final.

La cuestión es que Perón no es Saturno porque lo que les cuento pasó hace poco, hace sesenta y cinco años nomás y entonces hablamos de fuerzas de la historia. Obvio que tengo 65 años, si estoy diciéndoles que nací ese día, el de la Victoria. Por eso mi mamá se acuerda de a qué hora me parió, por eso las enfermeras le dijeron que había parido un macho peronista y por eso me pusieron Juan Víctor. Y por cosas parecidas yo elegí llamarme Eva Victoria cuando pude elegir. Por supuesto que hubo motivos que no fueron peronistas para cambiarme el nombre. Pero eso pasó mucho después, déjenme ser ordenada.

Fue una lucha, les decía: de un lado, la oligarquía que quería quedarse con todo, como siempre, como ahora mismo, que si pudieran nos mandarían a los marines para hacernos mierda. Del otro, el pueblo que había probado la vida con sábado inglés y asado y delantales blancos y ni a palos iba a volver a vivir como antes, trabajando de lunes a lunes y comiendo poco, vidas enteras a pura torta frita y mate cocido con leche para nada más que seguir trabajando. Porque ahora estamos hablando del día de la Victoria pero hubo muchos otros días y nos torturaron y nos mataron. Y ni siquiera así lograron suprimir los domingos, por eso tenemos que volver a ganar: para tener una semana laboral de cuatro días, para que todos trabajemos menos y todos tengamos empleo. No parece tan complicado, ¿no?

Es una pelea y es una pelea de mierda, interminable, sin reglas, sin ring, sin árbitro, sin número de rounds. De esta misma pelea nací yo y de la misma pelea pude haberme muerto antes de nacer. Porque mi vieja escuchó como todos el Perón–Perón que se acercaba y se metía como un ruido grave en las piezas de los conventillos, que hacía crujir los engranajes de las máquinas y brillaba en los cuchillos de los matarifes. Latía, el Perón–Perón, en la sangre de cada uno, transformando en rebeldía el dolor de estar todo el día laburando doblado o sentado o parado o agachado. Cada latido era un Perón y del dolor de esa carne salió Perón. Perón–Perón. Perón–Perón. Perón–Perón: el corazón del pueblo sonaba así. Y así me latían a mí la cabeza y el cuerpo cuando peleaba. Es verdad que no perdí nunca, arrasé la categoría mosca. Gané 34 peleas y 31 por knock out. Y sí, me decían Kid Berretín por los ataques que me agarraba sino me gustaba la bata, Kid Butterfly por mi cintura de seda, y Kid Mariposa por cómo bailaba en el ring. Claro que todo eso también me lo decían por puto y cada tanto me lo aclaraban a los gritos por la calle.

Pero les estaba hablando de la pelea del pueblo y de cómo pude haber muerto en esa batalla. Mi vieja sintió el llamado de ese Perón–Perón que era para los trabajadores como la sal para los zombies: lo escuchaban nomás y se despertaban. Entonces se paraban y dejaban lo que estuvieran haciendo. Mi mamá sacó los pies del pedal de la máquina de coser y no se va a olvidar más, dice todavía hoy, del brillo de la aguja en el aire, suspendida en la espera filosa y dura que detuvo todo durante horas en ese día preñado de inminencia.

No le importó nada más a mi vieja: se paró y se fue a ser pueblo en el pueblo como una gota es mar en el mar. No la pudieron parar ni el miedo a perder el empleo ni las amenazas de su patrona y salió para el puente Avellaneda. Cuando vio que estaba levantado, se puso en las colas kilométricas que había en la orilla. Porque todos querían cruzar en los botecitos. Entonces había muchos más pero no tantos. Todo era diferente, los pobres casi no iban al centro, una persona podía vivir toda su vida en Avellaneda sin conocer nunca el Obelisco. Así que los marineros remaron como vikingos cabezas: sin parar un segundo y cantando Perón–Perón. A mi mamá, como la vieron embarazadísima, no la querían llevar. Señora, le decían, no venga, cuídese, que no sabemos cómo puede terminar esto. Nena, no te hagás la loca, quedate en tu casa que tenés que cuidar a tu hijo, le dijeron también y se lo dijeron muchas veces. Pero mi mamá se tiró por la barranca arriba de un bote y no les quedó más remedio que llevarla. Hasta el hospital tuvieron que llevarla: en el medio del Riachuelo empezó a los gritos porque el impacto del salto de cinco metros casi me expulsó. Sí, mamá también es reperonista.

A mis viejos les gustaba decir que nací con una tira de asado abajo del brazo. Fui su primogénito y su único hijo, y tuve la suerte de venir al mundo justo cuando empezó la época de las vacas gordas, de los delantales blancos y de los vestidos de princesa de Evita. Me crié así: viendo las peleas de Pascual Pérez y de Gatica con mi papá y ayudándola a mi mamá a planchar ropa para los cogotudos de sus patrones. La vieja había dejado la aguja suspendida en el aire para siempre; nunca más cosió. A veces me ponía los vestidos de las señoras y jugaba a ser Evita en la corte del rey de España, que no tenía corte ni rey pero eso yo todavía no lo sabía. Mi mamá me miraba, se reía y decía que seguro que iba a ser actor cómico. Una vez, cuando tenía cuatro años, Evita vino al corso de Avellaneda y la felicitó a mi mamá. "Qué linda nena", le dijo. Yo estaba disfrazada de pirata pero Evita me vio y supo. Ella, que veía a millones de personas por día, podía verle el alma a cada uno. A mí me vio el alma de mujer que tuve siempre.

A los vecinos, en cambio, el alma les importaba un carajo. Y desde una vez que me vieron vestida de princesa Evita por la ventana de atrás del patio, se me empezaron a cagar de risa y ahí fue que inicié mi carrera en el box; de tanto ver a Pascualito, algo había aprendido. Y siempre fui muy rápida para correr. En un par de meses ya no me gastaban más y mi papá, que no quería tener un hijo maricón, empezó a llevarme al gimnasio. Siete años tenía y me encantaba saltar a la soga y pegarle a la bolsa, me encantaba que los muchachos me tuvieran de mascota y saber que no me iban a joder tan fácil. Porque para que a uno no lo jodan, uno tiene que ser fuerte, no hay otro modo, chicos, no se dejen engañar. Empecé a ir al gimnasio en el verano del 52, y si no me lo olvido es porque el 26 de julio se murió Evita y los muchachos estuvieron meses llorando mientras saltaban y le pegaban al punching ball. Al punching ball yo lo miraba como una meta: me faltaban años para tener la estatura suficiente para llegarle.

Yo también lloré la muerte de Evita, pero era chica y se me pasó rápido. Pasaron dos inviernos más de felicidad en mi vida. En 1955 ya tenía casi diez años, me acercaba al punching y había conocido el mar: ese verano mis viejos me llevaron a Mar del Plata, aprovechando el turismo social peronista. Lo único que tenías que pagar eran los pasajes. Yo no era muy buen alumno, pero tampoco malo. Mis viejos estaban contentos conmigo, con la casita que se habían podido comprar, con haberse podido mudar a La Boca, con que yo no tuviera que ir a trabajar como habían tenido que ir ellos a mi edad. Hasta habían planeado un futuro para mí: pensaban mandarme a la escuela fábrica del barrio para que aprendiera un oficio y pudiera ganar plata y seguir estudiando. Me soñaban ingeniero, que en esa época era ser un señor.

No pudo ser. No sé quién sería yo si el 16 de junio de 1955 a mi viejo no se le daba por conocer la confitería más importante de la ciudad. Le dijo a mi mamá: "Hoy falto al frigorífico, me voy a tomar un café al Tortoni". Se puso el único traje que tenía, que le había cosido mi vieja, y se fue con el tano Chiaravallotti y el gallego Estévez. En el tranvía se encontraron con el quilombo: había hombres armados con palos que cantaban Perón–Perón y la vida por Perón. Iban a luchar contra una conspiración para matar al General. Mi viejo y sus amigos se consiguieron sus palos y llegaron a la plaza pensando que tendrían que hacer barricadas y en eso estaban, tratando de voltear unos bancos, cuando la guerra se desató desde el lugar menos esperado: el cielo. Tiraron diez toneladas de bombas de trotyl. Una parte, siempre me pregunté cuánto, ¿un kilo, diez, cien? cayó arriba de mi papá, que se murió a dos cuadras de su primer cafecito en el Tortoni. Unos días después lo enterramos y enterramos también al ingeniero que yo podría haber sido. Tres meses más tarde, derrocaron a Perón. Y así empezó la vida dura, de pelear todos los días.

Cuando tenía once años, en el 56, empecé. A Julio Troxler le gustaba el boxeo y a veces venía a ver a los muchachos al gimnasio. Yo le decía: "Don Julio, quiero pelear, Don Julio, por Perón y por mi viejo". Y él, que no, que no, que me faltaba tomar mucha sopa para poder pelear. Hasta que lo convencí y empecé a trabajar de cadete para la resistencia. Llevaba mensajes de acá para allá y de paso entrenaba: los llevaba corriendo. Los hacían en papel de avión, que era finito, y después los enrollaban tan apretados que cabían en cualquier parte. Eran copias de las cartas que Perón mandaba de todos lados: de Asunción, de Caracas, de Madrid. Como era un pibe y todos sabían que me entrenaba para ser boxeador, a nadie le llamaba la atención verme corriendo por el barrio. Así, de cartera, conocí a media resistencia y así viví, llevando y trayendo cartas, llevando y trayendo la ropa que mi mamá seguía planchando, vendiendo diarios a los gritos, hasta que tuve 18 y empecé a pelear en serio, como profesional, en el ring y en la resistencia. Aprendí muchas cosas: cómo dejar a un tipo en la lona con un cross a la mandíbula y cómo armar en quince minutos un caño con dinamita, nitrato de amonio mezclado con diesel y fulminante, por ejemplo. Es que el poder, chicos, no se gana dialogando. Para que alguien se siente a la mesa a charlar con ustedes, si lo que está en disputa es mucho, es necesario haber dado muestra de fuerza. Y la dimos. Estuve cinco años pegando en todos los terrenos.

Hasta que tuve 23 y dejé el boxeo: esa última pelea también la gané, pero me rompieron la cara. Me dejaron la nariz hecha una albóndiga. Y yo estaba dispuesta a todo, hasta a morir joven estaba dispuesta, pero a tener la cara rota no. Me hicieron la cirugía estética y me dejaron esta naricita de Doris

Day que todavía tengo. Y ahí no hubo vuelta atrás: cuando me vi en el espejo sentí que la aguja caía y hacía su punto; me llené de inminencia; me di cuenta de que podía. Siempre me había sentido una mujer, siempre, aun en la pelea más feroz, aun reventando a golpes a un tipo, siempre me había sentido una chica. Faltaba mucho todavía para que aparecieran mujeres en el box como ahora está la Tigresa Acuña; se podía querer ser maricón y modisto como Paco Jamandreu, pero querer ser mujer y boxear no se le ocurría a nadie; lo que yo quería no tenía cabida en esa época. Pero sabía que en 1953 un militar norteamericano que se llamaba Jorgensen se había hecho mujer: si se podía ser militar y trans, se podía ser trans y militante. Así que le dejé a mi vieja la mitad de mis ahorros y me fui a Estados Unidos. Volví dos años después, ya convertida en esta que soy, Eva Victoria.

Allá me transformé en lo que quería ser y en lo que nunca pensé que podía querer. Estuve en Stonewall y me gané el respeto del mundo gay de Nueva York porque supe acostar a varios policías a las trompadas sin perder la peluca. A Woodstock no llegué pero probé el ácido y escuché a Jimmy Hendrix y a Janis Joplin, yo, que hasta entonces no pasaba de una cerveza los sábados de fiesta y de escuchar boleros y tangos. Conocí a los Panteras Negras, tuve mi primer novio y aprendí a hablar en inglés. Protesté contra la guerra de Vietnam y viví en una comunidad que me aceptaba tal como era. Pensé en quedarme allá, pero mi vieja no quería emigrar, decía que nunca iba a aprender el idioma y no hubo forma: soy su única hija, estaba viejita y encima me aceptaba. Cuando le conté, en una carta donde le mandaba una foto para que viera cómo me había transformado, ella me contestó "hijita, esto no era lo que habíamos soñado con tu papá para vos, pero si sos feliz, yo te apoyo". Además, ya era 1970 y parecía que el General estaba ahí nomás de volver y nosotros cerca de la Victoria por fin.

No fue fácil volver a militar hecha una transexual un poco hippie. Que se les iba a cagar de risa toda la gorilada, me decían, mientras se cagaban de risa ellos mismos. Un par de años después le cantaban a López Rega: "No somos putos, no somos faloperos, somos soldados de la FAR y Montoneros". Pero bueno, yo puto había dejado de ser cuando me transformé en mujer. Y se acordaban bien de mis explosiones, que eran grandiosas. Algunas veces les puse fuegos artificiales, porque para mí cagar a la oligarquía tiene que ser una fiesta para el pueblo. Y hubo dos que parecieron el 4 de julio en Nueva York. Al final, el tío Troxler saltó por mí. Algunos me siguieron diciendo "compañero puto", pero con el mismo trámite de siempre, un par de trompadas, me volví a ganar el respeto de la mayoría.

En esos días se me acercó una nena seria y chiquitita que después se hizo famosa, la Gaby. Ella me propuso que les enseñara a pelear a las compañeras. "Tenemos que aprender a defendernos cuerpo a cuerpo" dijo y tenía más razón de la que nadie podía imaginarse. Nunca fui montonera: no los entendía del todo y no podía con la disciplina que había que tener para estar con ellos, aparte de que yo tampoco les servía: llamaba la atención como si fuera un cartel de neón en todas partes, todos me miraban sin ningún pudor, como si fuera una aparición, como si tuvieran derecho a mirarme de arriba abajo me miraban. Y con la disciplina no podía vivir más: la había dejado atrás con el boxeo; quería divertirme, bailar, vivir un poco. Pero les enseñé a pegar a las chicas; si hubiera sido ahora, seguro que salían un par de campeonas. Claro que no alcanzó. No sé qué tendría que haberles enseñado para que se defendieran de lo que vino después. Llevo décadas preguntándomelo: ¿qué tendrían que haber sabido?, ¿irse?, ¿armar bombas atómicas?

Yo dirigía el gimnasio donde venían a entrenarse y empezaron a venir también pibes de la calle. En vez de un, dos, hacíamos Perón–Perón. Y en la soga marcábamos el ritmo con "Ni votos, ni botas, fusiles y pelotas". En unos meses, ya tenía a diez nenes durmiendo en el ring. Entonces se me ocurrió poner un hogar con comedor y mandarlos a la escuela. Lo que pasó después lo sabe todo el mundo: volvió Perón, pero ya estaba viejo y rodeado de monstruos como Isabelita y López Rega. Nos empezaron a matar como moscas, a nosotros, los que habíamos resistido, los que nos habíamos jugado la vida, los que habíamos luchado para que vuelva. Y no hay boxeo que alcance en un campo de concentración.

A mí me engancharon en 1975 y me metieron en cana. Estuve presa cuatro años y la verdad es que tuve suerte. Si me hubieran agarrado después por ahí no la contaba. En la cárcel conocí a muchos más militantes; primero me mandaron a una de varones y después, no sé bien cómo, habrán pensado que me iba a coger a todos los presos políticos y si nos metían en cana no era para que la pasáramos bien, me mandaron a la de mujeres, en Ezeiza. Estuve presa hasta 1979, cuando unos amigos ricos de la comunidad homosexual de Nueva York me consiguieron asilo.

Y esa vez la convencí a mi vieja, se vino conmigo. Fueron años trágicos, pero para mí también fueron años felices: me preparé para volver a pelear, pero ya no a las trompadas ni por Perón, que estaba bien muerto. Me puse a estudiar y en un año aprobé el secundario, en cuatro terminé la facultad y así fue como me transformé en licenciada en Ciencias Políticas. Volví en el 84 y desde entonces dirijo la cadena de gimnasios Viva Perón. Llevamos rescatados 7.301 pibes y pibas de la calle. Tenemos tres campeones nacionales de boxeo, y una es travesti, La Pantera López, aunque todavía no conseguimos que reconozcan categorías transgénero y tiene que pelear con los muchachos. Y una brigada, Evita. Que no será Evita la Patria Socialista pero evita que nos toquen a los pibes. Y les aseguro que muy bien.

Por eso tomamos Puerto Madero: necesitamos un barrio seguro, con viviendas dignas, parques para los chicos y buena vista. Aunque muchos compañeros no lo entiendan y estén furiosos porque tocamos sus propiedades en las torres, no estoy sola en esto. Ni en los gimnasios ni en la militancia ni en las expropiaciones. Volvimos a juntarnos los que nos conocimos en la cárcel y los resistentes que todavía vivimos. Y todas las chicas y chicos trans que se han hecho señores y señoras militando. Esta vez vamos a gobernar nosotros: ni un general que se vaya, ni matrimonios millonarios, ni caudillos liberales. Vamos a gobernar nosotros, directamente, el pueblo. Porque puede parecer que sí, pero los guantes no los colgamos nunca. Siempre estamos dando pelea. Y voy a ser presidenta por este partido que se llama Partido Peronista, porque somos peronistas aunque no entendamos a ese Perón que se fue y muchísimo menos al que volvió. Somos peronistas porque somos pueblo y nos late así, Perón–Perón, a nosotros también. Tenemos el 34% de intención de voto y yo creo que podemos ganar. Hace años que la gente me mira mejor. Por mi militancia y la de tantas y tantos otros, y también por Madonna: ya no somos tan raras las chicas flaquitas y musculosas, gracias a ella fue eso, su cuerpo se parece al mío, el de una chica que fue mosca y eligió ser Evita, ¿vieron?

Gabriela Cabezón Cámara

Buenos Aires, 1968. Estudió Letras en la UBA. Su primera novela, *La Virgen Cabeza* (Eterna Cadencia, 2009) fue finalista del Memorial Silverio Cañada de la Semana Negra de Gijón. Su nouvelle *Le viste la cara a Dios* fue publicada por la e-editorial española Sigueleyendo en octubre de 2011 y fue el primer e-book en castellano en ser elegido libro del año por un medio importante *(Revista Ñ)*. Publicó relatos en diversas antologías y revistas. Acaba de reunir una antología titulada *Verso y reverso,* con los mejores escritores argentinos para la editorial nohayvergüenzaeditorial.

Agradecimientos

A Alejandra Ramírez y toda la gente de la
Dirección General del Libro y Promoción de la Lectura.
A Sergio Víctor Palma y a Carlos Irusta.
A Marcelo González, Paloma Fabrykant, Jordán Gallicchio y Luciana Weiss.
A Daniela Pereyra, a Mario Torres y a Ricardo Mirant-Borde.
A Jorge Plans, a Cheche y a Coca.
A familia Kozodij y familia Almada.
A Enzo, a Adrián, a Cecilia, a Florencia y todo Lea.